혼란은 아랑곳하지 않고
프라우는 스켈레톤 드래곤의 등에 올라탔다.

저 드래곤의 뼈는 본 적이 있다.
마수의 숲을 개척했을 때 내가 쓰러뜨린 녀석이군.

그 모습을 본 순간, 등줄기가 서늘해졌다.

가면을 쓴 여자가 나를 발견하고 가볍게 손을 들었다.

……아, 역시 사부님이다.

CONTENTS

PROLOGUE

대낮의 강렬한 햇살이 흰색을 기조로 한 호화로운 마차의 장식에 반사되어 빛나고 있었다.

그 마차의 네 귀퉁이에는 섬세한 장식이 새겨져 있고 보석이 박혀 있다. 지붕은 아치 모양인데, 거기에도 복잡한 모양이 조각되어 있었다. 마차를 끄는 훌륭한 준마의 털은 윤기 있게 반짝거렸다.

값비싼 비단 커튼으로 구분된 바닥과 좌석은 진홍색의 고급 양탄자로 덮여 있었다. 좌석에 놓인 푹신한 쿠션은 금실로 수놓아져 있다.

명백히 과도한 장식이었다. 왕족도 이런 마차는 타지 않을 것이다. 사치를 부린다고 여겨서 민심이 떠날지도 모르고, 무엇보다도 너무 화려해서 사람들 눈치가 보인다.

그러나 그 마차의 주인인 여자는 충분히 넓은 마차 안에서 소문 따위는 신경 쓰지 않고 편안하게 앉아 있었다. 지금은 가도를 달리고 있지만 시내였다 하더라도 그녀의 태도는 변하지 않았으리라.

길고 구불구불한 보라색 머리카락. 깊고 투명한 벽안. 하얀 드레스 밑으로 매끄럽고 하얀 피부가 들여다보인다.

미녀——라고 해도 지장은 없지만 왠지 보는 이를 불안하게 만드는 구석이 있다.

옆에 앉은 시녀는 새의 깃털로 만든 부채로 천천히 그녀를 부쳐주고 있었다.

"따분하네."

여자의 말에 시녀는 몸을 움찔한다. 뭐라 대답해야 할지 판단이 서지 않는다. 잘못 말했다간 주인의 심기를 건드려 어떤 꼴을 당할지 모르기 때문이다.

"차라리 혼자 올 걸 그랬나?"

시녀의 대답을 기다리지 않고 여자는 말했다.

'그랬으면 얼마나 좋았을까.'

시녀는 속으로 욕했다.

이 여자는 성에서 저택으로 돌아오자마자,

"파룬에 갈 거야."

라고 말했다. 당연히 시녀와 하인들은 아무런 준비도 해 놓지 않았다. 그러나 그런 것은 아랑곳하지 않고 여자는 당장 출발하겠다고 우겼다.

제멋대로다. 하지만 시키는 대로 하지 않으면 험한 꼴을 당하리라.

할 수 없이 필요한 물건만 추려다 짐을 꾸리고, 이 마차의 뒤를 따르고 있는 마차 두 대에 실었다. 옷가지, 화장품, 장신구 등 마차 이동에는 필요 없어 보이는 것들뿐이지만 가져오지 않았다간 여자가 화낼 것은 불 보듯 뻔하다.

그 분노는 무엇보다도 두렵다.

도르센 왕국이 자랑하는 오천위 중 한 사람, 카밀라.

그 힘은 손가락 하나만 까딱해도 사람 목을 날릴 수 있다는 소문이다.

실제, 카밀라는 그 힘을 아낌없이 선보이기 때문에 시녀는 소문이 진짜라는 것을 알고 있었다. 아무리 그래도 사람 목이 날아가는 광경을 목격한 적은 없지만, 저택에서는 장난으로 사물이 절단되는 일이 드물지 않다. 아무리 자기 주인이지만 적극적으로는 얽히고 싶지 않았다.

"너 파룬이 어떤 곳인지 알아?"

마침내 따분함에 질린 카밀라가 시녀에게 말을 걸었다.

"……듣기로는 제로스라는 왕이 힘으로 왕위를 찬탈했다고 합니다."

"힘 있는 자가 왕위에 오르는 건 당연하지 않아?"

카밀라가 요염하게 웃었다. 주인은 자신에게도 그런 힘이 있다고, 그런 자격이 있다고 주장하고 싶은 거라는 걸 시녀는 알고 있었다.

"……그렇지요."

"또 다른 건?"

"파룬에는 헌드레드라는 강력한 전사들이 있다고 합니다. 평소에는 투기장에서 동료들끼리 싸우다가 전쟁이 일어나면 무작정 돌격해서 쑥대밭을 만든다고 들었습니다. 지난번 우리 나라와의 전쟁에서도 일당백의 역할을 했다고……."

"그런 건 패자의 헛소리일 뿐이야."

카밀라는 차가운 눈으로 내뱉었다. 시녀는 심기를 건드렸나 싶어 몸을 움츠렸다.

"투기장에서 도박의 대상이나 되는 망나니들이 그렇게 강할 리 없잖아? 조금만 생각해도 알 수 있는 거 아니야?"

"저도 그렇게 생각하지만, 어쨌거나 브릭스에서 우리 군대가 대패를 맛보았기 때문에 사람들도 그렇게 말하고 있습니다. 오천위였던 마테우스 님과 단테 님도 전사하셨고."

"그냥 실력이 들통난 거 아니고?"

아무리 그래도 자신의 동료인 오천위의 죽음을 카밀라는 비웃었다.

"달리 사람이 없어서 오천위의 자리에 앉아 있었던 것뿐인데, 거기에 우쭐해서 폼이나 잡으려다가 죽은 거 아니겠어?"

"네. 카밀라 님의 말씀이 옳습니다……."

시녀는 그렇게 말하면서도 속으로는 마테우스와 단테의 죽음을 애도했다.

두 사람 다 기사다운 기사로서 항간에서는 인기가 높았던 것이다.

특히 마테우스는 용모가 수려하고 품행이 방정해서 온 나라 여성들의 동경의 대상이었다. 그에 비하면 카밀라는 전혀 인기가 없다.

보기 드문 미모를 가졌지만 그 이상으로 성격이 나쁜 것으로 유명해서 어떤 남자도 접근하지 않았다. 그 강함도

폭군적인 의미에서 유명한 것이라, 굳이 따지자면 인간보다는 몬스터에 가깝게 인식되어 있다.

아마 국민 대다수가 '마테우스 대신 카밀라가 브릭스에서 싸웠더라면 좋았을 텐데'라고 생각하고 있으리라.

단, 그건 카밀라의 죽음을 바라서가 아니다. '카밀라가 싸웠더라면 이겼지 않았을까'라는 기대에서 오는 것이었다.

"저…… 파룬의 왕은 몬스터 고기를 먹고 힘을 얻었다는 소문도 있는데, 헌드레드도 그런 악마적인 힘을 얻었을 가능성이 있지 않을지……."

시녀 자신도 그 소문은 별로 믿지 않았지만 마테우스를 어떻게든 두둔해 주고 싶은 마음이 발동했다.

"말도 안 되는 소리."

카밀라는 코웃음 쳤다.

"몬스터 고기를 먹고 강해질 수 있으면 아무도 고생 안 하겠다. 잘 들어. 힘이라는 건 핏줄을 타고나야 얻을 수 있는 거야. 기사도 뭣도 아닌 서민들이 독성이 있는 몬스터 고기를 먹어봤자 얻을 수 있는 건 포만감 정도라고. 그냥 독을 섭취하고 광란 상태에 빠져서 미친 듯이 싸우는 것뿐이잖아? 목숨을 돌보지 않는 전사는 성가신 존재이긴 하지만 나한테는 안 통해."

카밀라는 헌드레드를 시골의 야만인 집단 정도로 깔보고 있었다.

"지당한 말씀이십니다. 카밀라 님을 이길 수 있는 상대는 없지요."

시녀는 적어도 강함에 있어서는 주인을 신뢰하고 있었다. 폭력에 있어서는 견줄 자가 없다고.

카밀라는 그런 아부를 듣자 기분이 좋아져서 커튼 틈으로 바깥 풍경을 내다보았다.

멀리 거대한 건물이 보인다. 말로만 듣던 파룬의 투기장이리라.

"참 천박한 건물이네."

카밀라는 눈을 가늘게 떴다.

마차는 가도를 달린다. 파룬에 이르는 길을.

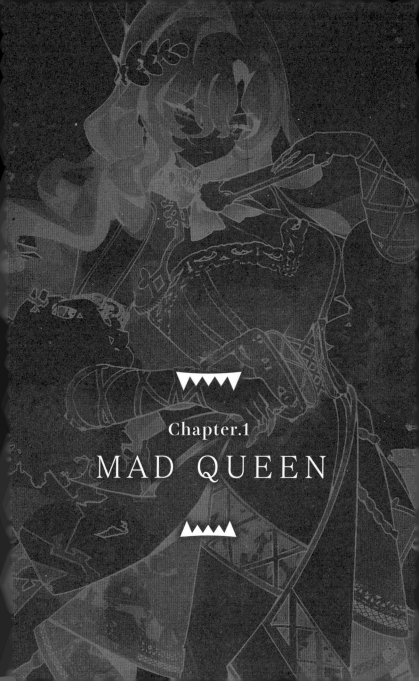

Chapter.1

MAD QUEEN

오그마나 다른 사람보다 연상으로 30세에 가까워 헌드
레드 내에서도 나이가 많은 축이다. 흑발을 뒤에서 묶고
온화한 인상을 가졌는데 풍채는 시원치 않다.

본디 파룬의 시골 마을에서 검술을 가르치는 도장을 운
영하고 있었다.

그러다가 헌드레드의 소문을 듣고 흥미를 느껴 왕도로
찾아온 것이다.

헌드레드에 가입한 뒤로는 나이가 많아서인지 몬스터
고기에 몸이 길들여지는 데 시간이 걸렸다. 그러나 엄청난
노력으로 고기를 극복해서 헌드레드 내 랭킹을 서서히 올
려갔다.

현재 헌드레드 내의 서열은 4위.

검술을 가르쳤던 만큼 검법에 조예가 깊고, 자타가 공인
하는 검술 매니아다.

인자한 성격이라 부탁을 받으면 누구한테든 검술을 가
르쳐주기 때문에 동료들 사이에서는 친근하게 '선생님'으
로 불리고 있다.

야마토는 신체능력은 높지 않지만 일종의 천재였다.

───한번 본 검술을 습득할 수 있다───

　그 능력이 밝혀진 것은 마르스가 랭킹전에서 '소닉 블레이드'를 시전한 다음이었다. 얼마쯤 시간이 흐른 뒤, 야마토는 자신의 랭킹전에서 '소닉 블레이드'를 재현해 보인 것이다.

　'소닉 블레이드'는 고난도의 검법으로 '검성의 검기'라고도 불렸다. 그것을 재현해 보이니 주위가 놀랐다.

　거기다 그는 검법을 가르치는 것도 잘해서 '소닉 블레이드'를 남에게 전수해 주었다. 단, '소닉 블레이드'는 가르치는 상대의 기량도 따지는 검법이라 헌드레드에서도 상위 몇 명밖에 쓸 수 없다.

　놀라운 재능이라 마르스도 높이 평가하여 정변 후에는 파룬 왕국의 검술지도사로 정식 임명했다.

　그런 야마토가 마르스의 부름을 받았다.

　장소는 옥좌의 방이 아니라 왕성 내 훈련장이다.

　"그래서 오천위의 검법은 습득했어?"

　나는 눈앞에 정좌해 있는 야마토에게 물었다. 이곳은 성내 훈련시설이다. 나도　야마토도 갑옷은 입지 않지만 움직이기 편한 간소한 복장을 하고 있었다.

"네, 폐하. 그들이 사용한 검법은 '미라지 소드'와 '어스 브레이크'라는 기술이 틀림없습니다."

가볍게 고개를 숙이면서 야마토가 대답했다. 여전히 겸손하고 예의 바르다. 그 망나니들 사이에서 호감이 가는 몇 안 되는 사람이다.

야마토는 검술을 가르쳤던 만큼 검법에 정통하다. 성에 있던 검법에 관한 장서도 빌려주었기 때문에 그 지식이 상당히 풍부해졌다.

"'미라지 소드'와 '어스 브레이크'라. 어떤 기술이지?"

"네. '미라지 소드'는 자신의 심장 박동에 강화를 거는 기술로, 일시적으로 경이로운 속도로 검을 휘두를 수 있게 됩니다. 단, 속도는 빨라져도 힘은 세지지 않습니다. 그래서 검을 가볍게 하는 등의 수단을 쓰지 않으면 원래 힘이 여간 강하지 않은 한 제대로 효과를 보지 못합니다."

아하. 그래서 마테우스가 날씬한 검을 썼던 거로군.

"'어스 브레이크'는?"

"그건 물리적인 힘과 마력을 융합시키는 기술입니다. 문헌에는 대지를 쪼개는 힘이 있다고 해서 '어스 브레이크'라는 이름이 붙었습니다. 이미지가 중요한 검법으로, 실제로 괴력을 갖고 있는 사람이 그것을 마력으로 증폭시킴으로써 휘두른 검에서 충격파를 쏠 수 있게 됩니다. 충격파의 사정거리가 짧아서 '소닉 블레이드'처럼 쓸 수는 없습니다. 단, 지근거리에서는 강력한 마력을 발휘하는 검법이라고 알고 있습니다."

이미지가 중요한 기술이라. 그래서 단테가 대검을 쓴 건가.

"그럼 한번 보여줘. 나한테 써봐."

나는 기술을 받기 위해 장검을 뽑아 들었다.

"알겠습니다."

야마토도 검을 뽑았다. 그가 쓰는 것도 기다란 쌍검이다.

"그럼."

검을 정면으로 잡고 야마토는 '미라지 소드'를 발동했다.

검 끝이 잔상을 남겨 복수의 참격을 한순간에 날린 것처럼 보였다.

'오, 그때 그 기술이군.'

나는 놀라면서도 그것을 모조리 막았다. 공격보다 방어가 모션이 더 작기 때문에 힘의 차가 있으면 못 막을 것도 없다.

"훌륭하십니다, 폐하! 과연 폐하이십니다!"

'미라지 소드'를 시전한 야마토는 나를 칭찬했다. 어렵게 습득한 검법을 막은 것이라 조금 미안한 마음도 들었지만 그는 전혀 개의치 않는 듯했다.

"다음은 '어스 브레이크'를 쓰겠습니다."

야마토는 검을 어깨에 들쳐메듯이 크게 들어 올리더니 온몸의 힘을 담아 붕 휘둘렀다.

"훅!"

기합 소리와 함께 검이 마력을 두르더니 충격파를 동반

한 참격을 날린다.

나는 그것을 받지 않고 뒤로 도약해서 피했다.

쿵하는 둔탁한 소리와 함께 땅이 진동하고 훈련장 바닥이 움푹 파인다. 단테만큼의 위력은 아니지만 충분히 재현된 것 같다.

"마력이 꽤 필요한 모양이군."

단테가 썼을 때보다 마력의 영향이 큰 것처럼 보였다.

"글쎄요. 원래 힘이 세다면, 마력은 그것을 서포트할 뿐이라 그렇게까지 필요하지 않을 겁니다. 단 저는 단테만한 힘이 없어서 그만큼 마력을 소비하게 되었습니다."

"힘이 있으면 마력은 필요 없지만 마력이 있으면 힘이 없어도 쓸 수 있다는 건가?"

"어느 정도의 힘과 검 실력은 필요하겠지요. 적어도 마법사가 쉽게 쓸 수 있는 기술은 아닙니다."

마법사가 지팡이를 휘둘러 '어스 브레이크'를 쓰는 모습을 상상한다.

……음, 약할 것 같다.

"그렇군. 그럼 이번에는 나한테 전수해줘. 상은 따로 내릴 테니."

내가 그렇게 말하자 야마토는 황공하다는 듯이 몸을 움츠렸다.

"당치 않습니다, 폐하! 이 비천한 놈에게 이런 전설의 검기를 배울 기회를 주신 것만으로도 한없는 명예입니다! 폐하께서 주신 힘이 없었더라면 제가 어떻게 이런 훌륭한 검기를 쓸 수 있었겠습니까!"

야마토가 말하는 "폐하께서 주신 힘"이란 몬스터 고기의 효과이다.

검술 도장을 운영하던 시절, 야마토는 어느 정도의 검기를 습득하는 데는 그만한 힘과 마력이 필요하다는 것을 알고 자신에게는 재능이 없음을 깨달았다고 한다.

그러나 몬스터 고기를 먹으면 능력치가 올라간다는 소문을 듣고 자신의 한계를 깨고자 헌드레드에 가입한 것이다.

야마토의 검기에 대한 집념은 대단해서 그 더럽게 맛없는 몬스터 고기를 대량으로 섭취해서 몇 번이나 몸이 망가지면서도 극복해 왔다. 그리고 혹독한 수련을 거듭해서 고난도의 검기를 습득하게 된 것이다.

처음 '소닉 블레이드'를 재현했을 때는 눈물을 뚝뚝 흘렸다고 한다.

그렇게 자신을 바꿀 기회를 주었다면서 나에게 무척 감사하고 있다.

구체적으로 말하면, 랭킹전에서 '소닉 블레이드'를 시전한 뒤 내 눈앞에 납작 엎드려 평생의 충성을 맹세했을 정도다.

검술지도사로 임명했을 때도 눈물을 흘렸고, 성에 있는 검기에 관한 장서를 주었을 때도 감격했다.

아니, 난 직접 검기에 대해서 조사하기가 귀찮아서 책을 준 것뿐이야. 검술지도사도 내가 스스로 검기를 습득하는 건 힘들어서 임명한 것뿐이고.

야마토는 자기 자신을 과소평가하는 것 같지만, 눈으로만 보고 검기를 습득하는 말도 안 되는 스킬의 소유자다. 이런 재능이 재야에 묻혀 있다는 것은 놀라운 일이다. 다른 나라에 가면 더 좋은 대접을 받으며 환영받을 텐데, 본인은 지금의 대우에 만족하는 듯하다.

"그, 그래? 그럼 또 새 검기를 습득할 기회가 있으면 잘 부탁해."

요전 전쟁에서 나는 야마토에게 오천위 두 사람의 싸움을 관찰하라는 임무를 내리면서 그들의 검법을 익히도록 명령했던 것이다.

야마토는 그 임무가 무척 마음에 들었는지, 전쟁이 끝난 뒤 그 전쟁이 기술적으로 얼마나 훌륭한 전쟁이었는지 나에게 질리도록 열변을 토했을 정도였다.

"맡겨 주십시오, 폐하! 이 목숨은 그것을 위해 있는 거니까요!"

눈을 빛내면서 야마토는 대답했다.

그것을 위해라니, 뭘 위해선데? 목숨은 더 소중히 여기라고!

검기란 검술과 마력의 복합 기술이다.

예전의 나는 검에 대한 지식과 기량은 있을지언정 체격과 마력이 부족해서 검기를 쓸 수 없었다.

아니, 어설픈 기량이 있었던 것만큼 검기에 대한 미련을 좀체 버리지 못하고 있었다.

그다지 알려지지 않은 것이지만, 신체 능력과 마력은 재능이라 유전적인 요소가 강하다.

노력으로 키울 수 있는 힘에는 한계가 있어 젊은 날의 나는 일찌감치 그 한계에 부딪혔다.

"검 실력은 누구에게도 지지 않는데……."

그런 생각이 내내 마음속을 맴돌았지만 어찌할 도리도 없이 파룬의 시골에서 소박하게 검술을 가르치며 생계를 꾸렸다.

그러던 어느 날, 몬스터를 사냥하고 만날 동료끼리 싸움박질만 한다는 헌드레드라는 조직에 들어가면 한계를 뛰어넘는 힘을 얻을 수 있다는 소문을 들었다. 그것을 들은 나는 일말의 희망을 안고 헌드레드에 들어가기로 결심했다.

헌드레드에 들어간 뒤로는 강력한 몬스터를 잡으러 갔다가 죽을 뻔하고, 독 덩어리인 그 고기를 섭취하다가 죽을 뻔하고, 또 동료끼리 진심으로 싸우다가 죽을 뻔했다.

이 세상에 지옥이 있다면 헌드레드가 그것에 가장 가깝지 않을까?

그러나 그 지옥에서 살아남음으로써 나는 극적으로 다

시 태어날 수 있었다. 그렇다, 한계를 뛰어넘으려면 단지 자기 자신에게 한계를 뛰어넘는 수련을 시키면 되는 것이었다.

얼마나 멋진 일인가! 이 비인도적인 시스템을 고안하신 제로스 왕은 나에게 신이나 다름없다.

지금은 쓰고 싶어도 쓸 수 없었던 온갖 검기를 쉽게 구사할 수 있게 되었다.

특히 '소닉 블레이드'를 습득했을 때는 좋아서 미칠 뻔했다.

헌드레드에서는 죽음을 각오한 적이 한두 번이 아니었지만 이 정도 고생은 아무것도 아니다. 그렇다, 강함을 손에 넣을 수 없다면 무엇을 위한 인생이란 말인가!

오늘은 폐하께 '미라지 소드'와 '어스 브레이크'를 전수해 드렸다.

폐하는 요령만 가르쳐드렸는데도 두 가지 모두 간단히 마스터하셨고, 원래 그 기술을 썼던 오천위 두 사람의 것보다 강력한 검기가 되었다.

아니, '미라지 소드'는 검이 아니라 신체가 잔상이 되었고 '어스 브레이크'는 진짜로 땅이 쪼개졌다. 그 '어스 브레이크'를 맞았다간 검과 갑옷째로 뭉개지고 말리라.

아마도 이것이 진짜 검기인 것이다. 우리가 쓰는 검기는 어린애 장난이나 마찬가지고, 폐하 같은 진짜 재능을 가진 자가 써야만이 본래의 위력을 발휘할 수가 있다.

폐하가 쓰는 진짜 검기를 바로 가까이에서 볼 수 있는 기쁨! 그것을 대신할 기쁨이 또 있으랴!

폐하는 내 재능을 높이 평가해 주시지만 내 기술 따위는 잔재주에 불과하다. 진짜 검기에는 한참 미치지 못한다. 폐하만이 진짜 검기를 구현할 수 있을 것이다.

검술지도사라는 역할은 나에게는 천직이다.

폐하께 온갖 검기를 마스터하게 해드려 세계 최고의 검사로 만드는 것이 내 꿈이다.

단, 모든 검기를 구현하려면 다른 나라의 검기를 익힐 필요가 있다.

검기는 국가 기밀이나 다름없다. 그것을 알려면 어떻게 해야 하지?

그래, 파룬이 모든 나라를 제압하면 된다!

다행스럽게도 폐하는 아레스 대륙을 통일하겠다는 야심을 갖고 계신다. 훌륭하다.

폐하께서 한시라도 빨리 세계를 제패하고 모든 검기를 습득하셨으면 좋겠다.

II ◆ 카밀라

또각또각 굽 높은 구두로 돌바닥을 울리면서 여자가 우아하게 걷고 있다.

화려한 흰 드레스를 입고 부채로 얼굴을 가린 채 콧노래를 부르며 걷고 있다.

요즘 파룬의 왕도에서는 보기 드문 신분 높은 여자다.

제로스 왕의 정변 후, 거리에서는 귀족들을 거의 보기 어려워지고 특히 잘 차려입은 여성의 모습은 아예 자취를 감춰 버렸다.

애초에 정변 전에도 신분 높은 여성이 길거리를 돌아다니는 일은 드물었긴 하지만.

그런 연유로, 왕도에 사는 사람들은 신기한 눈으로 그 여자를 쳐다보았다.

그녀의 얼굴 생김새는 단정하고 균형 잡힌 몸매는 고혹적이기조차 하지만, 그 이상으로 "이런 사람이 왜 이런 곳을 돌아다니고 있지?"라는 의아함을 느끼게 했다.

여자는 그런 주위의 시선을 전혀 개의치 않고 성을 향해 걸음을 옮겼다.

성 입구를 경호하고 있는 것은 푸른 기사단이다.

앞선 도르센 왕국과의 전쟁에서 활약한 검은 기사단이

나 붉은 기사단과는 달리 그들은 주로 왕도 수비를 맡고 있는 탓에 두드러진 활약은 별로 없었다. 그러나 단원 대부분은 헌드레드에도 소속되어 있어 실력적으로는 다른 기사단과 견줘도 떨어지지 않는다.

경호를 보던 두 명의 기사는 점점 가까워지는 흰 드레스의 여성에게 불길한 예감을 느꼈다.

"저 여자, 설마 성에 들어오려는 건 아니겠지?"

한 기사가 다른 한 사람에게 말했다. 임무상 성을 출입하는 사람들의 얼굴을 거의 기억하고 있는 그들은 다가오고 있는 여자가 성의 관계자가 아니라는 것을 알고 있다.

"아니, 걸음에 망설임이 없는 걸 보니 오는 것 같은데?"

"넌 저 여자를 본 적이 있나?"

"있을 리가! 귀족들이 있었을 때도 성에 걸어서 들어오는 드레스 입은 여자는 본 적이 없다고."

귀족들은 바깥을 걷는 것을 특히나 싫어한다. 가능한 한 마차를 사용하며, 특히 귀족 여자는 그런 경향이 강했다. 드레스나 신고 있는 구두가 기능성과는 거리가 멀어 걷기 불편하기 때문이다.

"혹시 귀족처럼 차려입은 창녀 아닐까? 그런 여자를 좋아하는 남자들도 있다던데."

"그럴지도 모르지. 그렇다면 남녀 문제로 직접 담판을 지으러 성에 들어오려는 건가?"

"그럴 수 있지. 남자는 크롬 님이나 워렌 님?"

검은 기사단 단장과 붉은 기사단 단장은 젊은 시절부터 난봉꾼으로 소문나 있었다. 지금도 독신을 핑계로 환락가에 빈번히 출입한다는 소문이다. 그러나 아무리 그래도 여자가 성까지 쳐들어오게 하는 짓은 하지 않으므로 두 사람 모두 무죄다.

"뭐, 우리 단장님은 아닐 거야."

"그건 그렇지."

푸른 기사단 단장 브레드는 품행이 방정하고 기사의 귀감과도 같은 남자다. 정변 때는 구정권을 배신하는 형태로 마르스 측에 붙었지만 그것도 나라의 부패를 걱정해서였고, 기본적으로는 정직하고 성실한 사람이었다.

두 경비병이 잡담을 하는 사이에 흰 드레스의 여자는 마침내 문 앞에 다다랐다.

"실례지만 누구십니까? 성에 어떤 볼일로 오셨습니까?"

청기사 중 한 사람이 정중하게 물었다. 여자는 수상쩍기 짝이 없지만 만에 하나라도 성 사람의 관계자일 가능성을 완전히 배제할 수 없다. 또 무력으로 밀고 들어가려는 부류로도 보이지 않아서 이렇게 대응한 것이었다.

"어머나, 그래도 내가 꽤 유명한 줄 알았는데 이곳에는 안 알려졌나 봐? 이거 참 난처한데."

여자는 전혀 난처하지 않은 기색으로 부채로 입가를 가

리면서 웃었다.

"유명……이요?"

"그래요, 나 유명한 사람이에요. 적어도 우리 나라에서는 나를 거스르는 자가 없을 정도로는 말이죠."

타국의 귀족인가? 하지만 그런 예정은 들은 바 없다. 두 호위병은 얼굴을 서로 마주 보았다.

"누구를 만날 예정이십니까? 확인하고 오겠습니다."

"예정 같은 거 없는데? 그냥 좀…… 한번 만나고 싶어서요. 제로스 왕을.

혹시 착각하고 계신 건 아닌가 해서. 고작 약해빠진 사람 둘을 쓰러뜨린 정도로 오천위를 깔보고 계신다면 그건 나한테도 슬픈 일이고, 도르센으로서도 탄식할 일이잖아요?

나도 오천위의 한 사람으로서 나라를 위해 발 벗고 나서야겠다 싶어서 말이에요. 국왕 폐하께도 비밀로 하고 몰래 여기까지 온 거랍니다. 시골길을 걷느라 피곤하네요. 들어갈 수 있을까요?"

이 말에 청기사 두 사람은 당황했다.

"도르센의 오천위? 그 차림으로?"

"카밀라라고 해요. 아, 그래도 마테우스나 단테랑 같은 레벨로 취급하지 말아주었으면 하네요. 그 두 사람은 오천위의 머릿수를 채우는 역할에 불과하니까요."

카밀라라고 밝힌 여자는 부채로 얼굴을 살며시 가리면서 요염하게 미소지었다. 그 자태는 기사라기보다는 고급 창부 같아서 오천위의 한 사람이라는 자기소개도 딱히 진실미가 느껴지지 않았다.

"……아무튼 돌아가 주시겠습니까? 오천위인지 아닌지는 둘째 치더라도 도르센 사람을 성 안으로 들일 수는 없습니다."

"후훗, 융통성 없기는."

카밀라는 부채를 두 사람에게 향하고 살살 부쳤다.

그러자 부채가 일으킨 살랑바람이 강렬한 파동으로 변하더니 기사들의 몸을 날려 버렸다. 그들은 그대로 문에 부딪치고, 요란한 소리를 내면서 문이 열린다.

"어머, 마침 문이 열렸네. 역시 문지기라니까."

움직이지 못하는 두 사람을 흘끗 쳐다보고 카밀라는 성 안으로 들어갔다.

성 안에서 경비를 보던 다른 푸른 기사단 기사들이 소리를 듣고 즉시 달려왔다.

카밀라는 개의치 않고 또각또각 소리를 내며 걸어간다.

"이봐, 거기! 뭐 하는 놈이냐?!"

몇몇 기사들이 카밀라의 앞을 가로막고 섰다.

카밀라가 다시 부채를 그들을 향해 부치자 바람이 파동으로 변하여 기사들을 날려 버렸다. 쓰러진 기사 중 몇 명은 충격에 피를 토하고 있다.

"지금 건 뭐지? 마법인가? 포위해서 해치워라! 못 가게 해!"

더 많은 기사들이 카밀라를 에워싸려고 움직이고, 그것

을 본 카밀라는 부채를 든 오른손으로 손가락을 딱 울렸다.

소리와 동시에 손가락 끝에서 바람의 칼날이 발생하며 한 기사의 몸을 갑옷째로 베어 버렸다.

"'소닉 블레이드'?!"

기사들 사이에서 동요가 일었다. '소닉 블레이드'는 검기지 마법이 아니다. 실제로 카밀라가 마법을 영창한 것 같지는 않았다. 마법사가 아니라면 이 여자는 대체 뭐지?

카밀라는 손가락을 연달아 딱딱 울렸다.

그때마다 손가락 끝이 가리키는 기사가 피투성이가 되어 쓰러졌다.

몇몇 기사가 카밀라의 사각(死角)에서 달려들어 칼을 휘둘렀지만 공격이 먹히지 않았다. 딱히 피하는 것 같지도 않은데 검이 카밀라에게 닿지 않는다.

공격이 허공을 가른 기사들은 지근거리에서 카밀라의 반격을 받고 픽픽 쓰러졌다.

그리하여, 파룬의 왕성은 피로 물들어 갔다.

앞을 가로막는 자가 사라진 성의 복도를 카밀라는 또각또각 걸어간다.

성의 문관이나 시녀들은 대부분 이 소동에 허둥지둥 성에서 달아났다.

카밀라는 그들을 그냥 내버려 두고 옥좌의 방으로 향한다.

"멈춰라."

그때 방패와 검을 든 남자가 막아섰다.

푸른 기사단을 나타내는 푸른 갑옷을 입고 있다.

"나는 푸른 기사단 단장 브레드. 부하들을 해치웠다지? 정체가 뭐냐?"

살짝 곱슬기 있는 짧은 갈색 머리카락에 갈색 눈동자. 늠름하면서도 고지식하게 생긴 브레드는 상대가 어떻게 나올지 살피는 듯 방패를 들었다.

"……먼저 이름을 밝혔으니 이쪽도 밝히는 수밖에요. 나는 카밀라. 도르센 왕국 오천위의 3인자랍니다."

카밀라는 후하고 숨을 내쉬고는 귀찮다는 듯이 대답했다.

"쓸데없는 저항은 그만두고 길을 비켜 주시겠어요? 제가 볼일이 있는 사람은 제로스 왕이라서요."

"오천위의 3인자라. 나도 헌드레드의 10위에 있는 남자다. 그리 쉽게 쓰러뜨릴 거라고 생각하지 마라."

"고작 변경국의 별 볼 일 없는 기사단 서열 10위가 건방 떨기는……."

카밀라가 손가락을 딱 튕겼다.

날카로운 소리를 내면서 브레드가 든 방패가 바람의 칼날을 막는다.

"……'소닉 블레이드'? 그 동작으로 쏘는 건가?!"

브레드는 카밀라의 공격에 놀라면서도 신중하게 틈을

엿보았다.

"어머, 내 공격을 막다니 미스릴로 만든 건가? 그 방패."

카밀라도 공격이 막힌 게 뜻밖이라는 표정을 지었다.

"폐하께서 하사하신 방패다. 그 정도 공격은 안 통해!"

브레드의 방패는 원형으로 다소 크기는 작지만 미스릴제에다 마법까지 부여한 강력한 방어구다.

마르스가 마수의 숲에서 발견한 것인데, 마르스를 포함해서 공격 일변도인 헌드레드 멤버 중에는 방패를 쓰는 자가 없어서 방패를 잘 다루는 브레드에게 주었다.

마르스는 필요 없어서 준 것뿐이지만 브레드는 매우 기뻐하면서 그 이후로 이 방패를 가보처럼 애용하고 있다.

카밀라는 이번에는 부채를 부쳐서 브레드에게 파동을 날렸지만 이것도 방패에 막혔다.

"짜증 나는 방패네."

공격을 막음과 동시에 거리를 좁혀오며 검을 휘두른 브레드. 카밀라는 춤을 추듯 뒤로 폴짝 물러나더니 연달아 손가락을 딱딱 울려 바람의 칼날을 몇 개씩 날린다.

브레드는 그것을 연속으로 정확하게 막아냈다. 안정적인 방어, 그것이 푸른 기사단 단장 브레드의 특징이다.

투기장에서도 화려함은 없지만 견실하게 싸워서 일부 여자들로부터 평가가 높다.

"방어만 해서는 못 이기는데요?"

손가락에서 나온 바람의 칼날에 부채에서 나온 파동까

지 섞어서 쉴 새 없이 공격하는 카밀라.

브레드는 공격을 막으면서도 허리를 굽혀 자세를 낮추더니, 발에 힘을 싣고 방패를 든 채로 카밀라를 향해 도약했다.

"누가 방어만 한댔냐!"

쉴드 배시라는 공방 일체의 검기다. 단순한 몸통 박치기지만, 방패와 자신을 동일화해서 전신에 마법을 띠고 돌진하는 강력한 타격기이기도 하다.

그러나 이 공격은 카밀라에게 맞지 않았다. 브레드는 스치듯이 카밀라의 옆을 지나간다.

"아직이다!"

브레드는 착지하자마자 그 반동을 이용해서 다시 쉴드 배시를 발동시켰다.

이 연속 공격이야말로 브레드의 특기로, 지금까지 투기장에서 몇 명이나 되는 상대를 쓰러뜨렸다.

브레드는 바닥, 벽, 심지어는 천장까지 이용해서 마치 반동하는 구슬처럼 몇 번이나 쉴드 배시를 시도했다. 하지만, 카밀라에게는 전혀 맞지 않았다.

"왜 안 맞는 거지?!"

"점잖은 분이군요. 여자와 닿는 것이 그렇게 부끄러우세요?"

당황하는 브레드를 보고 카밀라가 비웃었다.

"하지만 질렸어요. 우직한 건 좋지만 부족함이 느껴지는 공격이네요."

"뭣이……."

사생활에서 비슷한 말을 들은 적이 있는 브레드는 순간 말을 잃고 멈춰 버렸다.

카밀라의 모습이 아지랑이처럼 일렁인다.

"여러모로 경험 부족이에요."

그 목소리는 브레드의 등 뒤에서 들려왔다.

잔상을 남기는 고속 이동.

뒤를 돌면서도 즉시 거리를 확보하려던 브레드는 딱 하는 소리와 함께 몸이 베었다.

Ⅲ ◆ 광란의 황녀

브레드는 '소닉 블레이드'에 몸이 베고도 꾹 참고 카밀라와의 거리를 벌렸다.

그러나 받은 대미지는 크고, 몸은 피투성이다. 검을 지팡이 대신 짚고 가까스로 서 있는 상태였다.

"그걸 맞고 살아 있다니 쓸데없이 튼튼하군요, 당신."

카밀라가 어처구니없다는 표정을 짓는다

"······이 정도 공격에 죽는 놈은 헌드레드에 없어."

"여기에 오는 도중에 당신 부하를 몇 명이나 죽였는걸요?"

성 입구 광장에는 카밀라가 쓰러뜨린 푸른 기사단 단원들의 시체들이 나뒹굴고 있을 터다.

"죽은 게 아니야. 그렇게 나약하게 단련한 줄 알아? 그걸로 죽는다면 헌드레드에서는 목숨이 몇 개 있어도 모자라다고."

브레드는 거친 숨을 몰아쉬면서도 입가에 희미한 미소를 지었다.

헌드레드 멤버가 매일 먹는 몬스터 고기는 여러 종류가 있지만, 어떤 몬스터 고기에도 공통되는 효과는 생명력을 높인다는 점이다.

인간을 훌쩍 능가하는 몬스터의 생명력이 인간의 몸에

도 생기는 것이다. 그 덕분에 헌드레드는 딱 죽지 않을 정도의 전투를 일상적으로 할 수가 있다. 그건 헌드레드에 소속된 푸른 기사단 단원들도 예외가 아니다.

"하아, 허세 하나는 대단하네요. 당신도 그 부하들도 헛된 싸움에 목숨을 건 것뿐인데."

카밀라가 손가락을 울리려고 자세를 취한 그때, 브레드의 등 뒤에 한 남자가 모습을 드러냈다.

"헛되긴요. 푸른 기사단이 시간을 벌어준 덕택에 제가 이렇게 제때 온 건데요."

"……누구?"

그 남자는 검은 머리를 뒤로 묶고 한 장으로 된 옷을 허리띠로 고정시킨 희한한 복장을 하고 있었다. 얼굴은 온화하고 그저 그렇게 생겼다. 왼손에는 장검을 칼집에 꽂은 채 쥐고 있었다. 손목에는 팔찌가 하나 보인다.

"헌드레드의 4위, 야마토라고 합니다. 파룬의 검술지도사지요."

야마토는 가볍게 머리를 숙였지만 시선은 카밀라를 떠나지 않았다.

"선생님……."

브레드는 야마토를 보고 안심한 표정을 보였다.

"검술지도사라. 별로 강해 보이진 않는데. 나는……."

"아, 알고 있습니다. 카밀라 님이시죠? 도르센 왕국의 '광란의 황녀'로 유명한?"

"하아?"

카밀라의 표정이 순간 굳었다.

"이거 실례. 오라버니가 현 국왕이 되고 나서는 왕족에서 오천위의 3인자로 격하되셨다고?"

"……."

"파룬 왕국에는 타국의 정보가 별로 들어오지 않아서 다른 사람들은 당신에 대해 몰랐겠지만, 저는 예전에 검술 도장을 운영해서 그런 종류의 이야기는 자주 입수했죠. 어느 나라의 누가 강하다 어떻다 하는 이야기 말입니다. 그래서 카밀라 님의 소문은 익히 알고 있었죠. 한번 만나고 싶었습니다.

유명하고말고요, 카밀라 님. 선대 도르센 국왕의 막내 딸. 도르센 왕가의 피가 진해서 기사로서도 마도사로서도 강력하다죠. 도르센 왕가를 짊어질 인재로 기대받으면서도 신분 좀 높다고 기고만장. 마음에 들지 않는 사람은 쉽게 죽여 버려서 붙은 별명이 '광란의 황녀'. 악명이 너무 높아서 타국의 왕가나 신하들에게 혼인을 거절당해 시집갈 곳도 찾지 못하자 현 도르센 국왕이 어쩔 수 없이 오천위에 집어넣었다죠?"

"……."

"마도사 수행도 기사 수행도 싫어해서 마력이 있는데도 마법을 쓰지 못하고, 재능이 있는데도 검술도 익히지 못해 양쪽 다 어중간한 마검사를 자처하고 계시다고. 그런데도 강하긴 해서 처치 곤란이라는 평판이었지요. 기대되는군요, 어떤 기술을 쓰실지?"

"······."

카밀라는 고개를 수그리고 부들부들 떨고 있었다.

"왜 그러시죠? 추우세요?"

"선생님, 아마 화를 내고 있는 게 아닐까 싶은데······."

브레드가 민망한 듯 말했다. 그 자리의 분위기를 견디지 못해 멀찍이 물러나 있다.

"······죽어라."

카밀라가 온몸으로 마력을 뿜어내며 손가락을 격하게 딱딱 울렸다.

조금 전의 '소닉 블레이드'보다 더 크고 마력으로 형태가 분명해진 바람의 칼날이 야마토에게 쇄도한다.

야마토는 순식간에 칼집에서 장검을 빼 들더니 보이지 않는 속도로 그것을 휘둘러 바람의 칼날을 모조리 베어 없앴다.

"오, 대단한데요! 상당히 마력에 치중된 '소닉 블레이드'군요! 발생원은 손가락으로 울린 음파인가요? 그걸 강제로 마력으로 증폭시켜서 '소닉 블레이드'로 만든 거군요.

과연. 하지만 위력으로만 따지면 마법을 영창하는 편이 좋을 것 같다는 생각도 드는군요. 마력도 쓸데없이 낭비되고. 아, 예비 동작이 적은 데다 영창이 필요 없다는 것도 이점인가요? 어떤 의미에서는 재능에 안주한 게으름뱅이의 극치 같은 기술인데요?"

야마토는 고개를 갸웃하고 생각에 잠겨 있다.

"죽인다! 넌 절대로 죽여!"

푸른 기사단이나 브레드와 싸웠을 때의 우아한 자태는 온데간데없이, 카밀라는 격노하고 있었다.

부채를 크게 휘둘러 바람을 일으켜서 강렬한 파동을 몇 개씩 날린다.

야마토는 그것을 받지 않고 계속 도약해서 피했다. 야마토의 등 뒤의 돌벽과 기둥이 파동을 정통으로 맞아 산산조각 난다.

후방에 있던 브레드도 그 여파를 필사적으로 방패로 막고 있었다.

"이번 건 '어스 브레이크'랑 비슷하군요. 부채로 일으킨 바람을 마력으로 코팅해서 충격파로 바꾼 건가요? 과연. 이런 걸 맞았다면 푸른 기사단이 당한 것도 납득이 가는군요."

"아니요, 선생님, 이렇게까지 심한 건 아니었어요."

도약하면서 카밀라의 공격을 냉정하게 분석하는 야마토의 말을 브레드가 정정한다. 푸른 기사단이 받은 공격은 더 가벼운 것이었다.

"이 자식! 날 이렇게까지 모욕한 건 네놈이 처음이야! 뭐? '광란의 황녀'? 그런 말은 난생 처음 들어!"

카밀라는 오른손으로 '소닉 블레이드', 왼손의 부채로는 파동을 연속해서 날렸다.

그에 대해 야마토도 참격으로 '소닉 블레이드'를 쏘아 상쇄시키면서, 파동은 몸을 비틀어 피하고 있다.

"제가 한 말이 아니랍니다. 세상 사람들의 평가지."

"그게 더 나빠!"

승부를 보기 어렵다고 판단했는지 카밀라는 부채를 접어 꼭 쥐었다. 그러자 부채 끝에서 빛이 뻗어 나와 검신 정도의 길이가 되었다.

"그건! 소문으로 듣던 마법 검이군요! 마력으로 칼날을 만들어 검 대신 쓰는 거라죠? 아하, 그 부채의 표면에는 주문이 적혀 있어서 마법사의 지팡이 대신으로 쓸 수 있는 건가요?"

마법 검을 처음 본 야마토는 기쁨을 감추지 못했다.

그러나 카밀라가 보여준 것은 마법 검만이 아니었다. 벽안이었던 눈동자가 붉은색으로 변한다.

"몸이…… 무겁다?"

뒤에서 싸움을 보고 있던 브레드가 몸의 변화를 감지한다.

"설마 이건…… 마안?"

당연히 야마토도 이변을 느끼고, 그 원인이 카밀라의 눈에 있다는 것을 간파하고 있었다.

"칭찬해 주지, 나한테 이런 것까지 시키다니. 내 눈을 보고 살아 있는 자는 오천위의 필두 정도야. 뭐, 너희는 지금부터 죽겠지만."

'난 고래 싸움에 새우등 터지는 격 아닌지?'

브레드는 생각했다.

"이건 그래비티인가요? 효과는 2배 정도인 것 같군요."

자신의 무게를 견디지 못해 무릎을 꿇은 야마토가 감탄했다.

"그래. 마안은 별거 아니지만 검사한테는 치명적이지? 평소처럼 움직일 수 없게 되니까 말이야."

"그런 것 같군요. 확실히 힘들어졌어요."

말하면서 야마토는 손목에서 팔찌를 뺐다. 예의 죄수용 팔찌이다.

"그럼 죽어라."

카밀라가 마법 검을 쳐들자 그 몸이 아지랑이처럼 일렁거렸다. 다음 순간, 야마토의 측면에 나타나 그 목을 향해 마법 검을 내리친다.

야마토는 그것을 검으로 받고는 몸을 옆으로 돌렸다. 그리고 받아낸 반동을 이용해서 검을 빙글 돌리더니 카밀라에게 참격을 날렸다.

그러나 검은 카밀라의 몸을 비껴가듯이 허공을 가른다.

"……안 맞는다?"

"어떻게 움직이는 거지, 너는!"

반격에 놀란 카밀라는 다시 몸을 일렁여 순간적으로 야마토와의 거리를 좁혔다.

"이야, 정말 훌륭하군요, 카밀라 님은! 지금 건 환영 주문과 검기의 이동 스킬을 조합해서 마치 순간이동한 것처럼 보이는 기술이군요! 좋아요! 마검사라고 해도 꽤 마법사 쪽에 편중된 마검사가 아닐까 했는데 지금 건 검사다운 움직임이었어요!"

"……누가 너한테 칭찬받고 싶대? 그보다, 왜 내 마안을 봤는데 동작이 둔해지지 않는 거지? 대답해!"

카밀라는 황족다운 오만한 말투였지만 야마토는 개의치 않고 대답했다.

"아, 팔찌를 뺐으니까요."

"팔찌? 그거 말이야?"

야마토 옆에 떨어져 있는 팔찌를 카밀라는 흘끗 보았다.

"네, 이거요. 이건 죄수용 팔찌인데 차면 그래비티 2배 효과가 몸에 걸리죠. 아까는 마안의 효과로 합계 4배가 되는 바람에 몸이 말을 안 들었지만, 팔찌를 빼 버리면 문제없답니다."

"……죄수용 팔찌?"

"네. 제로스 왕께서 실천하고 계신 트레이닝법인데, 헌드레드의 상위권은 대부분 차고 있죠. 폐하께서는 더 효과가 큰 것을 차고 계시는데 그 위대함을 알 것 같군요."

야마토는 황홀한 표정을 짓는다. 거기에서는 주군에 대한 광신적인 충성이 엿보였다.

"죄수용 팔찌를 차고 일상생활을 하고 있다고?"

"네, 일상에서 몸을 단련하다니 훌륭하죠?"

"머리가 어떻게 된 거 아니야? 제정신이 아니야!"

그제야 카밀라는 이 남자들이 어딘가 이상하다고 느꼈다. '소닉 블레이드'의 직격을 받고도 죽지 않는 신체, 죄수용 팔찌를 차고 보내는 일상생활. 도르센 왕국의, 아니 세계의 일반적인 상식과 거리가 멀다.

"우리는 검으로 살아가는 자들이니 뭐 어떻게 된 건 맞겠죠. 하지만 이런 삶이 우리가 추구하는 것이랍니다. 힘이 모든 것. 그 정점에 위치하는 것이 제로스 왕. 안됐지만 고작 당신 정도가 당해낼 수 있는 상대가 아닙니다. 참고로 지금은 안 계시고요."

"……없어?"

"네. 헌드레드 상위권을 데리고 지금 투기장에 계시죠. 카밀라 님은 운이 좋아요. 폐하나 오그마 경 일행이 있었으면 죽었을지도 모릅니다? 그들은 저처럼 착하지 않거든요."

"그럼 이놈들은 왜 날 못 가게 한 건데!"

카밀라는 브레드를 가리켰다.

"빈 성을 지키는 자로서, 기사로서 도적의 침입을 허락하는 건 불명예의 극치! 당연하지 않은가!"

브레드가 카밀라를 노려보았다.

"하, 어이가 없네. 그만 가겠어."

이야기를 듣자 카밀라는 의욕이 뚝 떨어졌다.

"가긴 어딜요?"

야마토가 검을 다시 쥐었다.

"뭐?"

"저는 당신을 붙잡으라는 가마라스 재상의 지시를 받았습니다. 가마라스 재상도 카밀라 님에 대해서 알고 계셔서 침입자가 당신이라는 건 금방 알아보신 것 같더군요. 그래서, 일단 황족인 카밀라 님을 죽이면 안 되니까 저한테 생포하라는 지시를 내리신 거죠."

"생포? 나를? 사람 무시하네. 나는 상처 하나 입지 않았다고."

카밀라는 요염한 미소를 지었다. 그러나 속으로는 식은땀을 흘리고 있다. 헌드레드의, 눈 앞의 야마토라는 남자의 정체를 알 수가 없다.

"네, 저도 아까 공격해 보고 깜짝 놀랐습니다. 제대로 먹인 줄 알았던 일격이 비껴가다니. 참 이상해요. 그래서……."

야마토가 검을 겨눈다.

"개인적으로도 돌려보낼 수 없다, 그렇게 생각하던 참이랍니다."

⁝ Ⅳ ◆ 뜻밖의 처우

태어났을 때부터 카밀라는 선택받은 존재였다.

막내 공주라고는 하나 왕족이고, 마법과 검의 재능을 타고났고, 거기다 마안까지 가졌다.

어렸을 때부터 성인 못지 않은 힘을 갖고 있었으니 남의 말은 듣지도 않았다.

성장하면서 부모님이나 오빠들보다 자기가 더 강하다는 것을 알게 되자 더욱 우쭐해져서, 자기야말로 도르센 왕국의 왕에 어울리는 사람이라고 생각하게 되었다.

출중한 재능이 있었기에 첫 출전도 빨랐고, 전장에서는 수많은 전공을 올렸다. 적의 병력이 100명 정도면 단독으로 섬멸했기 때문에 적군 아군 할 것 없이 모두 경외의 눈으로 보았다.

단, 지휘관의 말을 전혀 듣지 않고 독단적인 횡포와 적병 학살을 반복했기 때문에 '광란의 황녀'라는 별명으로 불리게 되었다. 물론 본인 앞에서 그런 별명을 썼다가는 무슨 짓을 당할지 알 수 없어 카밀라 자신은 그런 줄도 몰랐지만.

그리고 소란스러운 시대라면 모를까 비교적 안정된 요즘 시대에 왕에게 요구되는 것은 정치적 수완이다. 강하기만 하지 남의 말은 듣지 않는, 성격에 문제가 있는 카밀라가 후계자가 될 수 있을 리 없다. 도르센 왕의 후계자로는 첫째 오빠가 무난히 결정되었다.

국왕이 된 오빠는 카밀라의 왕족으로서의 지위를 박탈하고, 대신 오천위 3인자의 지위를 주었다. 이는 왕위 계승에서 카밀라가 "자신에게 왕의 지위를 물려달라"고 부왕과 후계자인 오빠를 협박하다시피 한 벌과, 그래도 전력으로서는 쓰고 싶다는 타산이 합쳐진 조치였다.

당연히 카밀라는 이 조치가 불만이었지만 인망이 전혀 없는 탓에 자기 편에 서 주는 사람이 없어 어찌할 도리가 없었다. 그녀에게 군사적인 센스가 있었다면 군부가 뒷배가 되어 주었을지도 모르지만, 단독으로 움직일 때만 성능이 좋고 전략이나 전술은 이해하려 들지 않는 카밀라는 군인들에게도 인기가 없었다.

그런 때 벌어진 것이 브릭스 전투다. 약진을 계속하는 파룬과 그것을 저지하려는 도르센이 싸워서 도르센이 전대미문의 대패배를 맛본 것이다.

이에 카밀라는 기뻐했다. 군부 중에서도 가장 자신을 평가하지 않았던 킴브리 장군이 전사하고, 자기보다 훨씬 약한 주제에 오천위에서 같은 위치에 있었던 마테우스와 단테가 죽은 것이다. 기쁘지 않을 수가 없었다.

듣자 하니 현재 파룬에는 강함이 서열로 직결되는 헌드레드라는 조직이 있는데, 국왕 제로스는 그 정점에 군림해 있다고 한다.

그렇다면 자신이 제로스를 쓰러뜨리면 헌드레드의 정점에 서서 파룬의 왕이 될 수도 있지 않을까 카밀라는 생각했다.

여왕, 그것이야말로 카밀라에게 어울리는 호칭이다.

게다가 도르센을 깨트린 파룬을 빼앗으면 도르센 국민들도 자신을 입 모아 칭찬할 것이 분명하다. 그러면 도르센의 왕위도 자기 것이 되지 않을까 하고 카밀라는 망상했다.

도르센, 파룬, 카도니아 3국의 여왕.

쓸데없이 행동력은 좋아서 카밀라는 망상에만 그치지 않고 실행에 옮겼다. 주위가 말리는 것도 듣지 않고 파룬을 찾아와서 왕성으로 들어간 것이다.

그리고 지금에 이른다.

눈앞에는 야마토라는 남자가 버티고 서 있다.

카밀라의 공격은 전부 막히는 데다, 공격할 때마다 이쪽의 수를 밝혀 버리는 난적이다. 대단히 불리한 상황이었다.

카밀라는 남의 말은 전혀 듣지 않는 방약무인한 여자이긴 했지만 자신의 직감은 믿고 있었다. 정말 위험한 장면에서는 그 직감에 따름으로써 위기를 모면해 왔던 것이다.

그 직감이 '이 남자는 위험하다'고 고하고 있다.

'이 남자한테는 내 공격이 통하지 않아. 어떻게 된 거지?'

카밀라는 조바심이 났다. 이런 경험은 오천위 필두의 자리를 걸고 싸웠을 때 이후로 처음이다.

"그럼 갑니다."

검을 겨눈 야마토가 움직인다. 카밀라는 또각또각 구두 소리와 함께 뒤로 물러나면서 마법 검을 겨누었다.

틈을 주지 않고 야마토가 미끄러지듯이 거리를 좁히더니, 동시에 카밀라의 어깨에서 겨드랑이 아래를 베는 일격을 휘둘렀다.

도저히 피할 수 없는 필살의 공격.

그러나 맞지 않는다. 카밀라는 그 공격을 비끼듯 피하고는 마법 검을 휘둘러 반격을 시도했다.

야마토는 그것을 간단히 검으로 받아내고는 곧바로 공격으로 전환해서 연속으로 검을 휘둘렀다.

검 끝이 잔상이 되어 여러 개의 참격을 한순간에 날리는 '미라지 소드'다.

그 전부가 카밀라를 겨냥하고 있지만 왠지 검은 스치지도 않는다.

그러나 카밀라도 필사적으로 피하는 것 같았다. 신고 있는 힐이 돌바닥을 몇 번이고 두드려서 요란한 소리를 내고 있다.

그리고 마법 검을 휘둘러 파동을 날리고 나서야 겨우 야마토와의 거리를 벌리는 데 성공했다.

"아하, 이제 알겠군요."

야마토의 그 말에 카밀라는 표정이 어두워진다.

"그 하얀 드레스, 어쩐지 전장에는 어울리지 않는다 싶었더니 시각 인식을 방해하는 효과가 있군요. 고서에 암살을 막아 주는 드레스에 관한 기록이 있었던 것이 기억났습니다. 마법에 의한 결계의 일종으로, 이쪽의 시각 인식에 오류를 일으키는 효과가 있다죠? 하지만 그것만 가지고 이렇게까지 완벽하게 공격을 피하는 것은 불가능."

정곡을 찔린 카밀라는 침을 꿀꺽 삼켰다.

"그 굽 높은 구두가 내는 소리. 계속 그 소리에 묘한 위화감을 느꼈는데, 그 구두도 마도구군요. 아마 그 소리는 청각에 작용해서 평형감각을 교란시켜 이쪽의 눈어림에 오류를 일으키는 효과가 있는 거겠죠. 드레스와 구두, 두 개의 효과가 합쳐져 그 보이지 않는 방어가 완성되는 건가요?"

전부 간파당했다. 참고로 말하면, 드레스와 힐을 이용해 심리적으로 상대를 방심시키는 효과도 카밀라는 노리고 있다.

"숙녀의 비밀을 폭로하다니 파룬 사람은 멋이라는 게 없네."

카밀라는 끝까지 평정을 가장한다.

"하지만 알아냈다고 그 효과를 막을 수 있는 건 아니야. 눈과 귀를 쓰지 않고 싸울 수 있을까? 광범위 마법을 쓸 수 있는 마도사라면 또 모를까, 검밖에 휘두르지 못하는 전사가 나한테 이길 수 있을 것 같아?"

"아니죠, 눈과 귀를 쓰지 않고도 싸울 수 있답니다?"

야마토는 태연하게 대답했다.

"——뭐라?"

"기를 잡는다, 라는 오의가 있어요. 제로스 왕께서 체득하신 스킬인데, 죽음에 이르는 공격을 수차례 받음으로써 본능이 연마되고 점점 상대의 기척을 감지할 수 있게 되죠. 반대로 말하면, 상대의 기척을 감지하고 공격으로 전환할 수도 있다는 겁니다. 결점은 몇 번이나 죽을 고비를 넘겨야 된다는 건데, 뭐 이 기술을 습득하기 위해서라면 별 건 아니죠."

"뭐라고? 죽지 않기 위한 기술을 몇 번이나 죽을 고비를 넘겨서 습득한다? 당신, 그거 논리적으로 앞뒤가 안 맞잖아?"

"논리가 아니에요. 모든 건 강해지기 위한 것. 그 한 점을 추구하는 거랍니다. 그것을 위해서는 죽음도 마다하지 않죠. 우리는 그런 자들이랍니다."

카밀라는 두려웠다. 글렀다, 이놈들은 글러먹었어. 인간으로서 중요한 뭔가가 결여되어 있어. 헌드레드는 광인의 집단이야. 파룬이라는 나라하고는 상종을 하는 게 아니었어. 여기에 오는 것 자체가 잘못이었어. 이러다간 죽고 말 거야.

"잠깐. 날 죽이겠다는 거야? 난 도르센의 왕족이야! 너희 평민 따위가 어떻게 할 수 있는……."

"아까도 말했습니다만 죽일 생각은 없어요. 가마라스 재상도 생포하라 하셨으니까요. 다만…….”

야마토는 온화한 표정을 유지한 채 말했다.

“지금까지 산 채로 붙잡기 위해 어중간하게 검을 휘둘러
본 적이 없으니, 혹 힘 조절에 실패해서 죽여 버리게 됐을
때는 사과드리겠습니다.”

“사과로 끝날 일이 아니잖아!!”

절규하는 카밀라는 아랑곳하지 않고, 야마토는 살며시 눈
을 감고는 카밀라의 기척을 감지해 조용히 검을 휘둘렀다.

투기장에서 성으로 돌아와 보니 성벽이며 바닥, 기둥이
크게 부서져 있고, 옥좌의 방에는 밧줄로 둘둘 감기고 재
갈까지 물린 여성이 뒹굴고 있었다. 어찌 된 영문인지 맨
발. 자세히 보니 상당한 미인이다.

“……이 사람은, 누구?”

싱글벙글거리는 가마라스와 야마토에게 물었다.

그 옆에 있는 브레드는 눈을 내리깔고 있다.

“손님입니다. 폐하께 용건이 있다며 오셨습니다.”

가마라스가 웃는 얼굴로 대답했다.

“그런 예정이 있었던가?”

오늘 예정은 투기장에서의 시합뿐이었을 텐데.

아니, 손님이 나를 찾아오는 일 자체가 거의 없다.

"없습니다. 이분이 멋대로 오신 거지요."

"그래서, 누구?"

"도르센 왕국의 카밀라 전 왕녀 전하이십니다. 현재는 오천위의 3인자로 계십니다."

아, 들은 적 있다. '광란의 황녀'로 악명 높은 그 여자. 예전에는 뇌제 프라우 등과 함께 차세대 영웅 후보로 언급되었지만 성격이 최악이라 시집오라는 곳도 없어 지금은 '도르센의 불량채권'이라고 했던가.

"왜 왔는데?"

"네. 요약하자면, 폐하를 쓰러뜨리고 헌드레드의 정점에서서 파룬의 왕이 되려 했다고 합니다."

……그거 면회자가 아니라 습격자 아니야?

"그런데?"

"네, 가마라스 재상의 요청을 받고 제가 응대했습니다."

야마토가 점잖게 머리를 숙이면서 대답했다. 응대……꽁꽁 묶어서 바닥에 굴려두는 상태를 응대라고 하던가?

뭐, 별 볼 일 없는 용건으로 온 것 같으니 상관없지만.

카밀라는 재갈을 문 채로 나를 보고 뭐라고 으르렁거렸다. 화를 내고 있는 건가? 소문대로 기가 세 보이는 여자다.

"어쩔 셈인데?"

타국의 왕족은 다루기가 곤란하다. 빨리 도르센으로 송환시키는 것이 골치 아프지 않아서 좋은데 가마라스는 인질로 이용할 속셈인 건가?

"훈련을 시켜볼까 합니다."

야마토가 활짝 웃으면서 대답했다.

"엥?"

"카밀라 님은 지금까지 재능만 믿고 수련을 게을리한 것 같습니다. 아까운 일이죠. 천하의 손실입니다. 헌드레드에서 단련하면 분명 더 강해질 겁니다. 다행히 폐하께 도전해서 헌드레드의 톱이 되려고 했다는 건 이미 헌드레드에 들어간 거나 마찬가지입니다. 제 밑에서 철저히 수행시킬까 합니다."

그게 어떻게 같냐?

바닥에서 뒹굴고 있는 카밀라도 우우거리면서 고개를 세차게 가로젓고 있다.

"우선 몬스터 고기에 몸을 길들이는 것부터 시작한 다음, 그것이 끝나면 마수의 숲 심부에 버려두고 살아 돌아오기를 기다리는 것이 어떨까 합니다."

……그건 수행이 아니라 고문 아니냐?

마수의 숲 심부는 헌드레드에서도 상위권이 아니면 살아남기 힘은 마경(魔境)이다.

수행이라기보다는 유배에 가까운 내용을 들은 카밀라도 눈을 부라리고 있었다. 브레드가 딱하다는 듯이 쳐다본다.

"카밀라를 강하게 만들어봤자 적국의 왕족이야. 다시 적이 될지도 모르는 사람을 단련시켜서 어쩌게?"

"폐하, 우리 헌드레드 멤버는 모두 예외 없이 폐하께 진심으로 충성을 맹세하고 있습니다. 즉 한번 헌드레드에 들어가면 폐하의 위대함을 깨닫고 자연히 진심으로 복종하게 되는 것입니다. 카밀라 님도 그렇게 될 것입니다. 아무 염려 마시옵소서."

그럴 리가 있겠냐?! 헌드레드에서는 세뇌 교육이라도 하는 거냐? 나는 그늘 한 점 없는 눈으로 나를 쳐다보는 야마토가 무서워지기 시작했다.

"……가마라스, 경은 어떻게 생각하지?"

헌드레드에 소속되지 않은 가마라스에게 의견을 구하기로 했다.

"네, 야마토 경의 주장은 일단 차치하더라도, 파룬에 카밀라 님의 신병을 확보해 두는 것은 나쁘지 않은 것 같습니다."

"어째서?"

"현재 도르센은 적국입니다. 카밀라 님을 살려서 돌려보내면 도르센의 전력으로서 위협이 될 것입니다. 그렇다고 왕족의 지위를 박탈당했다고는 하나 도르센 왕과 혈연인 자를 죽여 버리면 그건 그것대로 문제가 될 것입니다.

그런 점에서 파룬에서 신병을 확보해 두면 이쪽의 전력도 증강될 것이고 도르센 왕국에 대한 견제도 될 것입니다."

그런가? 뭐, 야마토보다는 그럴듯한 의견으로 들렸다.

바닥에서는 카밀라가 발정기의 웜처럼 미친 듯이 꿈틀거리고 있다. 아마 자신의 의견을 무시하고 진행되는 이야기에 항의하고 있는 것이리라.

그 마음도 이해가 간다. 이 녀석들, 남의 말은 통 듣질
않으니까.

"신병을 확보한다고 하지만, 구체적으로 어떻게 하려
고? 인질?"

"아니요, 폐하께서 아내로 맞아들이시면 됩니다."

……엥?

V ✦ 왕비의 싸움

아내로 맞아들여? 내가? 도르센의 불량채권을?

카밀라와 눈이 맞았는데 미묘한 표정을 하고 있었다. 뭐, 나도 비슷한 표정이겠지.

"아니, 난 이미 결혼했잖아?"

"국왕이니까 비는 몇 명이 있어도 상관없습니다."

그렇겠죠. 그렇게 말할 줄 알았다.

"하지만 프라우는 신하의 딸이고, 카밀라는 왕족의 공주. 프라우가 왕비로 있는 건 조화롭지 못해. 그렇다고 프라우를 측실로 격하시키긴 싫고."

내가 왕위에 오르기 전에도 후에도 프라우는 크나큰 공헌을 했고, 함부로 할 수 있는 존재도 아니다. 성격에는 여러 가지로 문제가 있지만 개인적으로도 프라우를 왕비 자리에서 내려오게 하는 것은 받아들이기 어렵다.

주위 사람들은 나에 대해 오해하고 있는 부분이 많지만, 프라우만은 나를 이해하고 곁에 있어 주는 유일한 존재인 것이다.

……뭐, 마법으로 24시간 감시받고 있으니 이해 못 할 리가 없지만.

"그건 문제없습니다."

가마라스가 단언했다.

"도르센에서도 카밀라 님은 처치 곤란이고, 지난번 전투에서는 우리가 이겼으니 그 정도 양보는 해줄 겁니다. 오히려 '도르센의 불량채권'을 데려가 주는 것이니 감사해도 모자랄 지경이지요."

카밀라가 말 그대로 눈빛을 바꾼 채 가마라스를 노려보았다.

시선을 알아챈 가마라스는 앞으로 고꾸라져 고통스러운 표정으로 땅바닥을 기어다닌다.

응? 그렇게까지 강력한 시선인가?

"이크. 마안인 걸 깜빡했군요."

야마토가 기다란 천을 꺼내어 카밀라의 머리에 감아 눈을 가렸다.

그러자 가마라스가 숨을 헐떡거리면서 천천히 일어섰다.

"뭐지, 지금 그건?"

"네, 카밀라 님은 마안을 갖고 있어서 쳐다본 사람을 '그래비티' 상태로 만들 수 있습니다."

뭐야 그게? 나더러 그런 위험한 여자랑 결혼하라고?

"마안을 하고 남의 성에 쳐들어와서 행패를 부리는 여자를 비로 맞아들이는 건 리스크가 너무 큰 거 아닌가?"

"괜찮습니다."

야마토가 단언했다.

"현재 왕비도 그 프라우 님입니다. 마법을 위해서라면

인류도 저버리는 프라우 님과 비교하면 그 정도쯤은 아무 것도 아니지 않습니까?"

……아, 네. 그러네요.

"아, 아까는 제가 실언을 했습니다. 카밀라 님께 그런 무례를……."

배에 묻은 먼지를 털고 가마라스가 바닥에 누워 있는 카밀라에게 실언을 사과했다.

저기, 프라우한테도 사과해 줄래? 아무리 그래도 이 나라 왕비인데?

내 항의의 시선은 알아채지 못한 채 가마라스가 말을 이었다.

"메리트는 또 있습니다. 현재 도르센 왕국과는 적대관계인데, 이 상태는 쌍방에 바람직하지 않습니다. 패전으로 병력을 잃은 도르센은 남쪽에 병사를 돌릴 만한 여력이 없고, 파룬도 카도니아가 안정될 때까지는 함부로 일을 도모하는 것은 좋지 않습니다.

제가 수집한 정보에 의하면, 도르센 왕은 파룬과 화친할 의지가 있다고 합니다. 단, 그때 배상금을 지불하는 것은 대국으로서 모양 빠지는 일이라 국내 의견 조율에 애를 먹고 있다고 합니다. 이럴 때 폐하와 카밀라 양이 결혼하게 되면 지참금의 형태로 체면을 세우면서 배상금을 지불할 수 있을 것입니다. 또 폐하와 도르센 왕은 가족이라는 관계성도 생기니 양국의 긴장 완화도 꾀할 수 있습니다."

"그렇군."

그건 확실히 나쁘지 않다. 딱히 나는 전쟁이 하고 싶은 것도 아니고, 현재 국경이 접해 있는 나라는 도르센뿐이라 우호 관계를 맺을 수 있다면 평화롭게 지낼 수 있다.

"또 폐하와 카밀라 님 사이에 자녀가 생겼을 경우, 도르센의 왕위를 계승할 수 있게 됩니다. 장래의 포석으로 나쁘지 않으리라 생각합니다."

그 말에 카밀라가 반응했다. 자신의 아이가 도르센 왕이 될 가능성이 있다는 데에 매력을 느꼈는지도 모른다. 나에겐 아무래도 좋은 이야기지만.

단, 파룬에게 메리트가 많은 결혼이라는 것은 이해했다. 남은 것은 도르센이 정말 이 이야기를 받아들일 것인가지만, 그전에 할 일이 있다.

"결혼에 대해서는 프라우한테 양해를 구하고 싶소."

원래는 말할 필요 없을지도 모르지만 비밀로 아내를 늘리는 것도 꺼려진다.

그러자 눈앞의 허공이 빛을 발하더니 거기서 프라우가 모습을 드러냈다. 바닥에 뒹굴고 있는 카밀라가 눈을 휘둥그레 뜨고 놀란다. 이렇게 쉽게 마법으로 전이하는 녀석은 좀처럼 없으니까.

"다 들었어."

평소처럼 프라우는 담담하다.

계약문장을 통해 이야기를 훔쳐 듣고 있었던 건가. 잘

생각해 보면 이렇게 남의 프라이버시를 무시하는 녀석을 배려할 필요는 없었다는 생각도 든다.

"딱히 문제없어."

프라우는 나와 카밀라의 결혼을 시원하게 인정했다. 왠지 그건 그것대로 서운한데. 더 질투해 주면 좋겠다.

그럼 남은 건 당사자의 문제인가.

"카밀라 본인의 의사를 확인하겠어. 구속을 전부 풀어줘."

왕족으로서 정략결혼은 당연하지만 난 강제로 결혼하고 싶지 않다.

본인이 어떻게 생각하는지 알고 싶었다.

"네."

야마토는 칼집에 꽂아 두었던 검을 빼 들더니 순식간에 구속했던 밧줄과 재갈, 그리고 눈가리개를 끊고는 다시 검을 칼집에 탁 꽂았다.

……멋지긴 한데, 위험하지 않아? 손으로 풀어 주라고.

구속이 풀린 카밀라는 손목에 생긴 밧줄 자국을 신경 쓰는 듯하더니 이내 내 쪽으로 몸을 돌렸다.

다시 보니 구불구불한 기다란 보라색 머리카락에 피부는 하얗고, 눈꼬리는 살짝 처진 것이 꽤나 미인이다. 스타일도 좋고 요염하다.

"이야기는 다 들었지? 어떻게 생각해?"

"도르센 왕이 허락한다면 전 신하로서 따를 뿐이지요."

의외로 기특한 말을 한다.

"단, 한 가지 조건이 있습니다."

"뭔데?"

"저는 저보다 약한 자의 밑에 있고 싶지 않습니다."

"오호라."

나와 붙어 보고 싶다는 건가?

"하여 왕비의 자리를 걸고 프라우 님과 대결하고 싶습니다."

카밀라가 프라우를 노려보았다.

"뭐라?"

어째서 왕비의 자리를 걸고 싸움이 시작되는 거지? 이 녀석은 파룬이라는 나라를 뭐라고 생각하는 거야? 우리나라는 평화롭고 훌륭한 법치국가라고.

싸움으로 지위가 결정되는 그런 무법이 버젓이 통할 리 없잖아.

"잠깐, 카밀라. 자신이 지금 무슨 말을 하고 있는 건지 알고 있어? 우리나라에서는 그런 거……."

"모든 게 힘으로 결정되지요?"

네?

"저도 들었답니다. 파룬이라는 나라는 힘이 전부라고."

그럴 리 있냐! 중앙 출신이라고 지금 시골 무시하냐?

나는 가마라스를 쳐다보았다. 이 녀석은 인생을 걸고 법 개정을 추진해 지금은 파룬을 중앙 못지 않은 최첨단의 법치국가로 만든 남자다.

카밀라의 그릇된 인식을 고쳐줄 것이 틀림없다.

"가마라스, 뭐 할 말 없소?"

"네, 카밀라 님의 말씀도 지당하다 생각되옵니다."

"뭐?"

가마라스는 카밀라의 발언을 시원하게 인정했다.

"파룬은 폐하의 무용으로 성립된 국가입니다. 저도 법을 정비해서 법에 의한 통치를 꾀하고 있습니다만, 그것도 배후에 폐하의 무용이 있기에 가능한 것. 힘이 없다면 누구도 법을 지키지 않을 것입니다. 하지만 황공하옵게도 폐하는 불로불사가 아니십니다. 언젠가는 돌아가실 날이 올 것입니다. 그렇다면 필시 차대 왕에게도 힘이 요구될 터. 당연히 왕비로도 힘센 사람이 마땅할까 하옵니다."

"아니, 아까까지는 왕비는 프라우면 된다고……."

"네. 아까는 폐하의 진의를 미처 깨닫지 못해 실례를 했습니다. 폐하는 이렇게 말하고 싶으셨던 것이지요? 신분 때문에 프라우 님을 측실로 격하시키는 건 싫다. 어디까지나 힘으로 결정할 것이다, 라고."

뭘 어떻게 곡해하면 그런 결론이 나오냐?! 멋대로 내 마음을 번역하지 말라고! 게다가 오역이야!

나는 도와줄 사람을 찾아 이번에는 야마토와 브레드 쪽을 쳐다보았다.

이 녀석들은 근육뇌들만 모인 헌드레드 안에서는 상식 있는 축에 속한다. 정상적인 의견을 말해 줄 것이 분명하다.

"야마토, 브레드, 너희 의견도 듣고 싶은데."

"황공하오나 폐하."

야마토가 공손하게 입을 열었다.

"확실히 프라우 님은 강력한 마법사이오나 전사는 아닙니다. 한편 카밀라 님은 전사로서도 마법사로서도 높은 능력을 지니고 계신 듯합니다. 카밀라 님과의 사이에서 태어난 아이가 전사로서는 우수할지도 모릅니다. 그 가능성을 고려하시어 기회를 주는 것도 나쁘지 않을까 하옵니다."

……이 녀석은 자식을 뭐라고 생각하는 거야? 말의 혈통 같은 거하고 착각하는 거 아니냐? 게다가 눈이 너무 진지해서 무서운데.

"폐하."

브레드가 무릎을 꿇었다.

"힘이야말로 모든 것. 그것이 헌드레드의 이념이라는 것은 저도 알고 있습니다. 새삼 상식을 들어 반대할 생각은 없습니다. 모두 폐하가 하시는 일에 잘못이 없다는 것을 잘 알고 있습니다. 부디 뜻대로 하시옵소서."

아, 틀렸다. 진지한 만큼 헌드레드의 미친 사상을 곧이곧대로 받아들이고 있어. 부탁이니 상식적인 말로 반대해 주지 않겠니?

마지막으로 프라우와 눈을 마주쳤다.

"잘 해볼게."

……응, 그렇게 말할 줄 알았어.

언제나처럼 표정이 없지만 기뻐하고 있다는 것을 어쩐지 알겠다.

이 녀석은 어떤 의미에서 헌드레드보다 더 헌드레드다운 녀석이니까.

그런 연유로 나를 제외한 모두의 의견이 일치하여 왠지 왕비는 싸움으로 결정되게 되었다. 왕인 내 의사와는 관계없이.

그러나 프라우는 카밀라가 지면 자신을 '언니'라고 부르며 공경하라는 조건을 추가해 왔다.

……뭐야, 그 조건.

잘은 모르겠지만, 외동딸인 프라우는 사실 여동생이 갖고 싶었다, 라기보다는 언니가 돼 보고 싶었는지 승부를 빙자해서 카밀라를 여동생으로 삼고 싶은 모양이다.

프라우에게도 의외로 인간적인 일면이 있었다.

여러모로 일이 이상하게 돌아가고 있기는 하지만, 실무자인 가마라스는 그 자리에서 재빨리 의견을 취합하더니 이번에는 도르센 왕국과 교섭에 들어갔다.

사전에 마법 통신으로 도르센 측에 이야기를 타진한 모양인데, 가마라스의 예상대로 저쪽의 반응도 나쁘지 않았던 것 같다.

"뭐? 그 물건을 치워 주겠다고?" 대충 이런 느낌인 것 같다.

단, 프라우와 카밀라가 왕비 자리를 걸고 싸우는 것에 대해서는 이해시키는 데 애를 먹었던 모양이다.

최종적으로 "무슨 말인지 잘 모르겠지만 마음대로 하십시오", 대충 이런 뉘앙스의 정중한 말로 승인받았다고 한다.

그 후 정식 외교 루트를 통해 사실상의 화친인 혼담이 무난히 받아들여져 결혼이 공식화되었다.

또한 가마라스는 〈왕비의 자리를 건 정상 결전, 뇌제 대 광란의 황녀〉라는 타이틀로 투기장에서 대결을 열 것을 제안해 왔다.

이건 좀 그렇지 않나 싶었지만, "국고가 윤택해질 겁니다!"라는 가마라스의 압박에 마지못해 승낙했다. 나는 돈 얘기를 꺼내면 약해진다.

카밀라는 카밀라대로 본국과 연락을 취해 다양한 무기와 장비를 가져오게 한 모양이다.

아마 대(對)마도사용 장비도 포함되어 있으리라. 카밀라는 무슨 일이 있어도 이길 작정이다.

지금은 데리고 온 시녀들과 함께 성 안의 커다란 방을 점거하고는 멋대로 인테리어를 바꾸고 편안히 지내고 있다. 신경이 대단히 굵다.

나는 좀 더 조신한 여자가 좋은데…….

"괜찮겠소?"

승부 전날, 침실에서 단둘이 되자 나는 프라우에게 물었다.

"기대돼."

인형처럼 표정은 바뀌지 않지만, 얼굴이 살짝 발그레한 걸 보니 아마 진심으로 기대되는 것이리라. 난 좀 이해하기 힘들지만.

"혹시 몰라서 말해 두는데, 죽이면 안 된다?"

그렇다. 딱히 나는 프라우를 걱정해서 괜찮겠냐고 한 게 아니다. 카밀라의 목숨이 걱정돼서 물은 것이다.

야마토로부터 들은 이야기로는 실력은 꽤 있는 것 같으니까, '힘 조절에 실패해서 죽여 버리는' 사태라도 벌어지면 큰일이다. 다시 도르센과 전쟁이 벌어질 것이다. 평화주의자인 나로서는 그런 사태는 피하고 싶다.

"괜찮아. 여동생으로 삼을 거니까."

그거 마법으로 세뇌한다는 의미는 아니겠지?

……뭐 됐나? 목숨만 무사하다면.

그리하여 결전의 날을 맞이했다. 투기장엔 개장한 이래 최다 관객이 몰렸다.

일단 결혼식 이벤트의 일환이라는 의미를 담고 있어 도르센 왕도 초빙하여 나와 같이 귀빈석에서 승부를 관전하게 되었다.

도르센 왕은 카밀라와 똑같은 보라색 머리에 눈꼬리도 쳐진 것이 나름 닮은 남매였다. 단, 나나 카밀라보다 10살 정도 많고, 수염을 기른 위엄 있는 얼굴이다.

실로 왕답다. 따지고 보면 이 사람이 일단 내 형님인 건가.

도르센 왕은 호위로 오천위의 필두인 지크문트를 데리고 왔다. 얼굴에 큰 상처가 있는 장년의 남자로, 등에 대검을 지고 있다. '드래곤 슬레이어'로 유명한 전 S랭크 모험가이기도 하다.

지크문트는 나와 헌드레드 멤버들을 마치 평가하듯이 훑어보았다.

도르센 왕은 나와 만나자마자,

"파룬의 문화는 우리의 상식의 범주를 뛰어넘은 곳에 있군요."

라고 빈정거렸다. 분명 오늘의 결전을 가리키며 하는 말이리라.

신하들 앞에서 "저도 그렇게 생각합니다"라고는 말하기 어렵다.

애초에 결투를 신청해 온 것은 카밀라지만, 투기장에서 대대적으로 개최된 데다 도박의 대상까지 된 것은 이쪽 때문이다.

그래서 웃으며 악수하는 걸로 얼버무렸다.

이번 이벤트에 걸린 판돈 역시 투기장 개장 이래 최고액
이다.

승산으로 따지면 프라우가 우세하지만, 주최측은 결과
가 어떻더라도 손해 보지 않게끔 되어 있다. 가마라스는
싱글벙글이다.

그런 수완가인 가마라스가 다짜고짜 프라우와 카밀라를
맞붙일 리는 없어서, 먼저 개막 이벤트로 시합 몇 판을 준
비해 놓았다.

왠지 몰라도 나도 출전 예정이다.

……역시 냉정하게 생각하면 이상하지 않나?

내 형님이 될 국빈 앞에서 어째서 싸우지 않으면 안 되
는 거지?

그것도 도르센 왕의 여동생과 내 아내의 결투 전 개막
이벤트로.

파룬은 뭐든지 힘으로 해결하는 멍청한 나라라고 생각
하는 거 아닐까?

파룬이라는 국가가 나름대로 말이 통하는 정상적인 나
라라는 체면을 유지하기 위해서라도 내 시합은 캔슬해야
마땅하리라.

그렇게 생각하고 가마라스의 모습을 찾았지만 엄청나게
바빠 보였다. 평소 아무것도 하지 않는 몸으로서 선뜻 말

을 붙이기 어렵다.

결국 어영부영하는 사이에 첫 번째 시합이 시작되었다.

투기장 중앙에서 대치하고 있는 것은 왕푸와 주우자다.

왕푸는 헌드레드 내에서도 고참으로, 늘 20위 전후의 랭킹을 유지하는 대머리의 거한. 무기는 블러디 로드라는 특수한 곤봉을 사용한다.

한편 주우자는 최근 랭킹이 급상승한 젊은 기대주. 한 손, 혹은 양손으로 검을 쓰는 정통파 스타일이지만 민첩하고 유연하게 싸운다.

그 시합은 민첩함이 무기인 주우자가 왕푸에게 자잘한 대미지를 주고, 반면 왕푸는 그것에 견디면서 한 방을 노리는 식으로 전개되었다.

"저 젊은 전사는 실력이 상당하군."

도르센 왕이 지크문트에게 말을 걸었다.

"네. 민첩함으로만 따지면 상위권일 듯합니다. 저 거구의 전사와도 상성이 좋군요."

주우자는 지크문트로부터도 괜찮은 평가를 얻은 듯하다.

그러나 왕푸도 바보는 아니다. 이런 싸움은 수없이 경험했다. 다소의 상처에는 주눅 들지 않고 서서히 주우자의 검을 블러디 로드로 잡기 시작했다.

외모만 보고 오해하기 쉬우나, 왕푸는 결코 둔중한 전사가 아니다. 확실히 힘에 편중되어 있으나 나름 잘 움직이고 봉술 실력도 상당하다.

지금 그다지 움직임이 없는 것처럼 보이는 것은 체력을 아끼고 있기 때문이다.

게다가 블러디 로드는 피를 흡수해서 상처를 치유하는 효과를 갖고 있다. 왕푸 자신의 상처에서 피를 흡수해서 상처를 치유할 수 있기 때문에, 상처를 입은 듯이 보여도 실은 거의 대미지가 없는 상태인 것이다.

……뭔가 그렇게 생각하니까 왕푸는 인간이 아닌 것 같네. 외모도 그렇고.

"저 두 사람은 우리 나라라면 어느 정도 레벨이지?"

흥미롭게 싸움을 지켜보던 도르센 왕이 지크문트에게 물었다.

"글쎄요. 오천위 후보 정도는 될 수 있을지도 모르겠습니다. 우리나라 상위 10명 안에는 들어갈지도 모르겠군요."

"마르스 왕."

도르센 왕이 내 쪽으로 얼굴을 돌렸다.

"저 두 사람은 파룬에서 강자로 몇 번째쯤에 해당하오?"

"20번이나 30번 정도일까요."

랭킹이 매겨져 있으니 그대로이다.

"허, 마르스 왕도 정말이지 지고는 못 사는 성격이구려. 저 두 사람은 파룬에서도 1, 2위를 다투는 용사일 것 같은데."

도르센 왕은 어이가 없다는 듯이 어깨를 으쓱했다.

뭔 소리여, 이 사람?

시합의 상황을 보니, 점점 주우자의 동작이 둔해지기 시작했다. 계속 움직이다 보니 체력적으로 한계가 가까워진 것이리라. 공격이 제대로 맞았는데도 전혀 대미지를 입는 기색이 없는 왕푸에게 정신적인 스트레스도 느끼고 있을 것이다.

아마 처음에는 "이길 수 있겠다!"라고 생각했던 만큼 더 피로하지 않을까? 강한 몬스터와 싸울 때는 흔한 일이다.

그 피로감을 왕푸는 간파하고 있었다. 괜히 헌드레드에서 그렇게 오랜 기간 싸운 게 아니다. 서두르지도 초조해하지도 않고 먹잇감을 천천히 정신적으로 육체적으로 압박하고 있는 것이다.

그리고 왕푸의 블러디 로드가 주우자에게 타격을 주기 시작했다. 그 묵직한 공격은 받기도 받아넘기기도 어려워서 착실히 상대의 체력을 갉아먹는다.

끝내 그 공격을 받아내지 못하고 마침내 주우자의 몸이 비틀거렸다. 그러자 지체 없이 왕푸가 블러디 로드를 휘두른다.

방어하려던 검이 튕겨 날아가더니 주우자의 몸은 깨끗한 포물선을 그리며 공중으로 날아갔다. 보기만 해도 아파 보였다.

"죽은 거 아니오?!"

도르센 왕이 헉한다.

"아마 죽었을 겁니다."

지크문트는 꽤 냉정하지만, 그래도 엉덩이를 들썩거리며 투기장 지면에 튕긴 주우자를 응시하고 있었다.

"걱정하실 것 없습니다. 살아 있으니까요."

너무 놀라게 하는 것도 미안하므로 두 사람에게 걱정할 것 없다고 말했지만, "이 자식, 제정신인가?" 하는 눈으로 나를 쳐다봤다. 슬프다.

분명히 주우자의 몸은 요상하게 뒤틀려 있고 상당한 양의 피도 토하고 있지만 이 정도는 투기장에서는 흔한 일이다.

왕푸의 승리가 선언된 뒤, 곧바로 승려 루이다가 날아와서 회복 마법을 영창하기 시작했다. 신의 기적을 기계적으로 수행할 수 있는 것은 이 넓은 세상에도 루이다 정도일 것이다.

변형되어 있던 주우자의 몸은 회복 마법의 힘에 휩싸이자 아내 정상으로 되돌아왔다. 그리고 일어설 수 있을 만큼 회복된 주우자는 품속에서 금화를 꺼내어 루이다에게 건넸다.

그 광경에 관객석에서 환호성이 일어났다. 이제 루이다의 회복 마법도 투기장의 구경거리 중 하나가 되었다. 루이다도 퍽 예쁘장하게 생긴 누님이라 팬도 많아서 관객석에서 루이다를 향해 선물이 휙휙 날아왔다. 대체로 비싼 선물이 많다.

도르센 왕과 지크문트는 그 광경을 멍하니 바라보고 있

었다.

"마르스 왕."

잠시 뒤에 도르센 왕이 입을 열었다.

"저 승려는 성녀요?"

저렇게 돈을 밝히는 성녀가 어디 있냐.

"아, 저건 A랭크 모험가 파티에 소속되어 있었던 승려입니다. 가마라스에게 고용되어 제 목숨을 노렸다가 되려 반격당하고 지금은 투기장에서 일하고 있죠. 말하자면 주워 왔다고나 할까요."

그 말에 도르센 왕이 눈을 희번덕거렸다.

"지크문트. 모험가 승려가 보통 저렇게 엄청난 회복 마법을 쓸 수 있나?"

왕의 질문에 지크문트는 고개를 가로저었다.

"무리입니다. S랭크 승려라도 저런 신의 기적은 행할 수 없을 것입니다. 무서운 술사입니다. 폐하 말씀대로 성녀급 회복 마법을 쓰는 듯합니다."

응? 그런 대단한 사람은 아닌 것 같은데. 호칭도 누님이고.

"과연. 마르스 왕도 농담을 잘하시는구려. 저 승려도 파룬의 비밀병기인가."

도르센 왕은 멋대로 납득한 표정을 짓는다.

아니, 농담이 아니라 전부 사실인데.

비밀병기는 또 뭐래? 진짜로 그냥 주워왔다니까요?

확실히 편리한 존재이긴 하지만.

두 번째 시합은 오그마와 야마토의 대전이다.

두 사람 다 아까까지는 귀빈석에 앉아 있었지만 지금은 투기장 중앙에 서 있다.

랭크 1위의 오그마와 4위의 야마토, 두 톱랭커의 등장에 관객석에서 열광적인 환호성이 일어난다.

"인기가 상당한 모양인데, 아까까지 옆에 앉아 있던 저 두 사람이 그렇게 실력이 좋은 전사인 거요?"

후끈 달아오른 투기장을 바라보면서 도르센 왕이 나에게 물었다.

"네. 저 두 사람은 우리나라에서도 다섯 손가락 안에 듭니다."

"오호라. 아까 두 사람보다 훨씬 더 강하다는 거로군. 어느 정도의 실력인지 기대가 되는구려."

도르센 왕은 조금 전까지의 여유는 사라지고 목소리도 진지하게 바뀌어 있었다.

오그마는 모든 면에서 밸런스 좋은 전사다.

대검을 양손으로 휘두르기 때문에 파워형으로 생각하기 쉽지만, 힘, 속도, 체력, 기량 모두 높은 레벨. 괜히 헌드레드 1위 자리를 유지하는 게 아니다.

아, 근육뇌라 머리는 나쁘다.

한편 야마토는 완전히 기술에 특화되어 있다. 그럭저럭 빠르지만 힘과 체력은 별로다.

원래 신체능력이 높지 않아 몬스터 고기를 섭취해서 강제로 강화시킨 것이라 톱랭커로서는 미묘하다. 단, 연마한 검기는 타의 추종을 불허한다. 재능이 있는데 거기에 전부를 쏟아부었기 때문에 야마토 이상의 기량을 기르기는 어려울 것이다.

그런 두 사람이 대치하고 있다.

오그마는 대검을 어깨에 메고 있었다. 야마토는 오른손에 장검을 쥐고 힘이 빠진 듯한 자세를 취하고 있다. 둘 다 평소 차는 죄수용 팔찌를 빼고서 전력으로 맞붙을 의지를 보이고 있다.

투기장에 팽팽한 공기가 흐른다.

"그럼 시작!!"

시작 신호와 함께 야마토의 모습이 사라졌다.

아니. 그렇게 보일 뿐, 한순간에 오그마의 등뒤로 돌아가 등을 향해 칼을 휘두른 것이다.

"이크."

오그마는 그 공격을 확인하지도 않고 대검을 등 뒤로 돌려 깔끔하게 막았다. 그대로 팽이처럼 회전해서 가로로 일섬을 휙 날린다.

야마토는 그것을 높이 도약하여 피했다. 오그마의 일격은 소닉 블레이드──라기에는 너무 강력한 파동이 되어 투기장 벽까지 도달. 벽에 커다란 금이 가고, 근처 관객들이 비명을 질렀다.

"저건 뭐지!"

그 일순간의 공방에 도르센 왕이 외쳤다.

"괴물 아닌가! 어째서 파룬에 저런 전사가 있는 것인가?!"

도르센 왕만이 아니다. 말은 하지 않지만 지크문트도 눈을 부라리고 있다.

물론 그런 동안에도 결투는 계속되고 있었다.

도약한 야마토는 아무것도 없는 허공을 발로 차서 추진력을 얻더니 다시 오그마에게 달려들었다. 검기의 일종으로, 마력을 이용해서 장벽을 만들어 발판으로 삼는 기술이다.

그것을 오그마는 검으로 막았지만, 야마토는 지면에 착지하자 동시에 낮은 자세로 검을 휘둘러 오그마의 다리를 노렸다. 그것은 피하기 어려웠다.

"쳇!"

혀를 차면서도 스텝으로 뒤로 점프한 오그마. 거기에 야마토가 바짝 붙어 기회를 노렸다.

흐르듯이 검기를 조합하며, 숨 쉴 틈조차 주지 않고 연달아서 공격을 퍼붓는 야마토.

정면에서, 측면에서, 배후에서, 위에서, 아래에서. 야마토의 공격은 다채롭다. 참격 몇 개가 오그마의 몸을 스치며 착실하게 상처를 입혀 간다.

화려한 야마토의 기술에 장내에서 환호성이 일어난다.

"저 정도 실력일 줄이야! 이것이 헌드레드 상위인가……."

지크문트가 숨을 삼켰다. 야마토를 별 볼 일 없는 남자라고 깔보고 있었던 것이리라.

하지만 야마토는 헌드레드 중에서도 이단이다.

헌드레드는 기량을 추구하는 게 아니다. 더 원시적인 힘을 추구하고 있다. 그것을 가장 잘 체현하는 멤버가 오그마다.

지금 거리가 좁혀진 오그마는 리치가 긴 대검을 제대로 쓰지 못해 방어 일변도로 보이지만.

오, 야마토가 대각선으로 그은 일격이 오그마를 타격했다──동시에 오그마의 발차기가 야마토의 배에 명중했다. 어깨를 베이면서도 강력한 카운터 펀치를 날렸군.

발차기에 맞아 야마토의 몸이 붕 떴다.

"욱……."

입에서 위장을 토하는 거 아닌가 싶을 만큼 둔중한 소리가 야마토의 입에서 흘러 나온다.

"으랴아!"

거기에 대검을 내던진 오그마가 야마토의 안면에 오른쪽 훅을 날리고, 왼쪽 어깨를 베었음에도 왼쪽도 훅을 날려 맨손 연타를 넣었다.

두들겨 패고 있다. 관객들도 대흥분이다.

"우리가 지금 뭘 보고 있는 거지? 이건 검으로 하는 싸움 아니었나?"

도르센 왕이 헐떡거리면서 말했다.

이것은 사부님의 영향을 받아 내가 배운 싸움 방식이다. 이기면 장땡이라는 싸움하살법.

그리고 오그마들은 내 영향을 받아 같은 방식을 쓰게 된 것이다.

"오그마, 승!"

오그마의 승리를 알리는 안내방송이 흘렀다.

허공에 뜬 상태에서 연타를 맞은 야마토도 참혹한 꼴이지만, 오그마도 왼쪽 어깨에서 피를 폭포수처럼 흘리는 심한 부상을 입었다.

그것을 루이다가 재빨리 치유했다.

"……저 승려가 있으니 사람 목숨이 가볍게 느껴지는군."

지크문트가 한숨을 쉬었다.

"저 정도면 시간이 지나면 아무것도 하지 않아도 회복될 거요. 빠르냐 느리냐의 차이일 뿐."

내가 그렇게 말하자 도르센 왕도 지크문트도 심히 불쾌한 표정을 지었다.

응? 내가 뭐 잘못 말했나?

내가 스승님과 수행했을 때는 저것보다 심한 부상을 입었지만 금방 나았는데, 보통 저렇지 않나?

도르센 왕은 눈앞에서 벌어지고 있는 일을 선뜻 믿을 수 없었다.

확실히 브릭스 전투에서는 대패를 맛보았다. 파룬에 강력한 전사들이 있다는 것도 이해하고 있었다.

그러나 실제로 목격해 보니 보통 강한 것이 아니었다.

헌드레드는 검사나 전사로서의 강함──보다는 생물적인 강함을 느끼게 한다.

같은 인간이라고는 도저히 생각되지 않는다. 도르센의 기사들이 한꺼번에 덤벼도 이길 수 없을 것 같았다. 킴브리가 피한 것도 납득이 간다.

투기장에 있는 관객들은 헌드레드가 싸우는 모습을 보고 들끓고 있다.

왕이라는 입장만 아니라면 자신도 앞뒤 가리지 않고 즐길 수 있을지도 모른다.

그러나 그럴 수 없다. 자신은 도르센이라는 나라의 명운을 쥐고 있는 것이다.

'이건 쉽지 않은 상대야.'

만약 싸우게 된다면 정면 도전은 졸책이다. 뒤를 쳐야 한다.

그렇다, 예를 들면 중력 마법인 '그래비티'를 광범위하게

걸어 파룬 군의 행동을 제약한다든가 식수에 독을 탄다든
가…….

도르센 왕이 파룬을 깰 대책을 생각하고 있는데 장내가
환호성으로 휩싸였다.

투기장 중앙에는 어느새 검은 갑옷을 입은 마르스의 모
습이 있었다.

마르스는 손을 들어 관객들의 성원에 응하고 있다. 그런
다음 차고 있던 팔찌와 반지를 빼어 시종이 들고 있는 쟁
반에 올려놓았다.

"뭘 하는 거지?"

도르센 왕이 마르스를 대신해 호스트가 된 가마라스에
게 물었다.

"독 반지와 중력 팔찌를 빼서 진심으로 임한다는 것을
보여주고 있는 것입니다."

가마라스가 온화하게 대답했다.

"독 반지? 중력 팔찌? 그게 뭐요? 독이나 중력 마법에
내성이 생기는 것이오?"

"반대입니다. 독 반지를 차면 늘 맹독에 중독된 상태가 되
고, 중력 팔찌를 차면 늘 중력 마법이 걸린 상태가 됩니다."

"……그게 무슨 허세요? 국민에게 어필하는 것이오? 실
제로는 그런 효과도 없겠지?"

도르센 왕은 전혀 믿지 않았다. 아니, 믿고 싶지 않았다.
그것은 왕, 아니 인간이 할 짓이 아니다. 그냥 자살행위다.

"진짜입니다. 실제 저도 폐하를 몇 번이나 독살하려 했지만 전부 실패했고, 중력 마법으로 움직임을 봉인해서 살해하려고 했던 적도 있었습니다만 헛수고로 끝났습니다. 저는 온갖 방법으로 폐하의 암살을 시도했지만 모두 실패했습니다."

현재 자신이 모시는 주군을 죽이려고 한 과거의 에피소드를 가마라스는 신이 나서 말했다.

그것이 진짜라면 마르스에게는 독도 마법도 통하지 않는다는 뜻이다.

"……그대는 어찌 용서받은 것이오?"

그렇게까지 해서 죽이려 했던 상대를 마르스가 용서했다는 것이 도르센 왕은 이상했다.

"당연한 것 아니겠습니까! 우리 왕은 위대하시니까요!"

마르스의 위대함을 표현하려는 듯이 두 팔을 벌린 채 가마라스는 눈동자를 촉촉히 적시고 있다. 그 모습은 사교의 광신도를 연상케 했다.

'틀렸다, 이 재상도 이상해.'

도르센 왕은 지크문트와 얼굴을 마주 보고 같이 고개를 절레절레 흔들었다.

"아, 참고로 헌드레드의 톱랭커는 폐하가 차시는 것만큼은 아니지만 모두 중력 팔찌를 차고 있습니다. 평소 식사로 몬스터 고기를 먹기 때문에 독에도 내성이 있지요."

가마라스는 냉정한 말투로 돌아왔다.

"저라면 두 번 다시는 적으로 돌리고 싶지 않을 겁니다."

의미심장한 그 말에 도르센 왕은 암담한 기분이 되었다.

그런 괴물들을 상대로 싸워서 이길 방법이 있을 리 없었다.

투기장에 마르스를 상대할 전사들이 입장했다. 한 명이 아니다. 10명은 된다.

"상대는 한 명이 아닌가?"

도르센 왕이 지크문트에게 물었다. 더는 가마라스와 대화할 마음이 들지 않았다.

"들은 적 있습니다. 파룬의 왕은 투기장에서 다수를 상대로 싸운다고. 어디까지나 소문이겠지 싶어 마음에 담아 두지 않았습니다만……."

"저 전사들은 약한가?"

"오그마, 야마토 정도는 아니지만 첫 번째 시합에서 싸운 자들 정도의 실력은 있어 보이는군요."

충분히 강하다. 왕의 권위를 보여주기 위해 짜고 치는 시합이라도 벌일 셈인가 하고 도르센 왕은 생각했다. 아니, 그러기를 바랐다.

싸우기 전에 마르스가 검은 투구를 장착했다. 평범한 귀족 청년 같은 그 얼굴이 가려지자 불길한 위압감이 느껴진다.

그리고 왠지 투기장 벽 위에 마법사들이 나타나 주문을 외우기 시작했다.

"저건 뭐지?"

"물리 장벽 주문인 듯합니다.

"물리 장벽? 뭣 때문에?"

"글쎄요? 의도까지는 모르겠군요."

그런 도르센 왕과 지크문트는 아랑곳 않고 세 번째 시합이 시작되려 하고 있었다.

검, 창, 도끼 같은 각종 무기를 든 헌드레드 랭커 10인이 마르스를 둘러싸고 있다. 그들은 바로 공격에 나서지 않고 타이밍을 엿보고 있었다. 호흡을 맞춰 덤비지 않으면 순살당할 것이 뻔했기 때문이다.

한편 마르스는 검은 칼날의 장검을 든 오른손을 무방비하게 늘어뜨리고 있을 뿐, 공격 자세조차 취하고 있지 않다.

천천히 시간이 흐르고, 장내에는 긴장된 공기가 흘렀다. 랭커들은 조금씩 거리를 좁혀 최대한 바짝 다가간다.

누군가가 숨을 크게 내뱉었다. 아니, 실제로는 그리 큰 한숨이 아니었지만 팽팽한 분위기 속에서 그것은 유난히 크게 들렸다.

그것을 신호로 랭커들이 일제히 달려들었다. 아니, 달려들려고 하는데 마르스의 정면에 있던 검을 든 남자가 저만치 날아갔다. 마르스가 질풍처럼 움직여 검으로 벤 것이다.

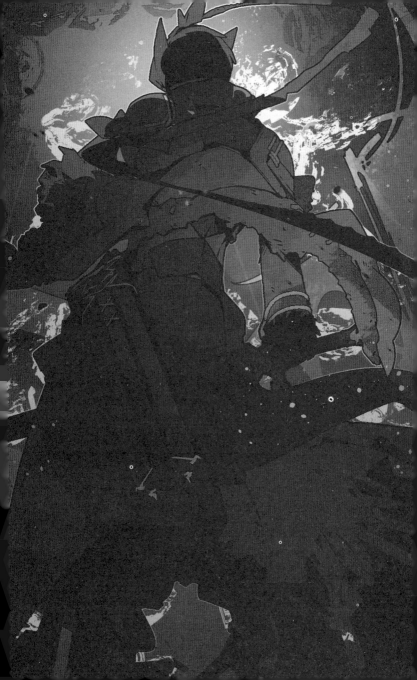

남자는 겨우 그 공격을 막았지만 눈에 보일 정도로 강력한 힘을 띤 그 일격은 방어를 무시하고 남자를 날려서 그대로 객석이 있는 장벽에 내동댕이쳤다.

"지금 건 뭐지!!"

도르센 왕은 자기도 모르게 벌떡 일어났다. 몸이 떨리고 있다.

모든 것이 상상 이상이었다. 아까까지 최강의 전사라고 생각했던 오그마나 야마토의 힘을 훨씬 능가하고 있다. 옆에 있던 지크문트도 멍하니 입을 벌리고 있었다.

그것은 폭풍이자 번개이자 용과도 같았다.

검은 투기(鬪氣)를 두른 마르스의 공격은 피할래야 피할 수 없는 재앙 같아서, 헌드레드 랭커들은 일순간에 나가떨어진다.

개중에는 마르스의 일격을 막은 자도 있었지만, 그것만으로도 장내에는 우레와 같은 박수가 일었다.

"오, 저 녀석도 실력이 늘었는데" 하고 자랑스러운 표정으로 헌드레드의 전사를 평가하는 관객도 있었다.

그들 사이에서는 마르스의 승리는 확정이고, 랭커들이 얼마나 오래 견디느냐에 주목하고 있었던 것이다.

대결은 그리 오래 걸리지도 않고 끝을 고했다. 마르스는 랭커들을 차례차례 날려 눈 깜짝할 사이에 승리해 보인 것이다.

관객들은 흥분해서 "제로스! 제로스! 제로스!"를 연호한다.

거기에서는 자신들과 왕국과 왕을 동일하게 여기는 강한 의식이 엿보였다.

도르센 왕은 귀빈석의 호화로운 의자에 털썩 앉았다.

'직접 보길 잘했다.'

그는 자신이 이곳에 온 것을 행운으로 느끼고 있었다. 만일 자신의 눈으로 보지 않고 보고만 들었더라면 아마 제대로 판단하지 못했으리라.

그러나 헌드레드와 마르스의 강함을 목격한 지금, 이제는 파룬과 싸울 의욕이 완전히 사라졌다.

도르센 왕은 마왕을 모른다. 그러나 있었다면 마르스 같은 존재였으리라 생각했다. 정면으로 상대해선 안 된다.

내가 할 일을 마치고 귀빈석으로 돌아오자,

"마르스 왕, 아주 훌륭한 싸움이었소!"

하고 도르센 왕이 반갑게 맞이해 주었다.

아까까지하고 태도가 다르다. 아마 내가 싸우는 모습을 보고 멋있다고 생각한 것이리라. 투기장에서 왕이 직접 싸우는 것은 검투사 노예 같아서 창피했지만, 도르센 왕이 기뻐해 주니 결과적으로 잘됐다.

내가 자리에 앉자 마법 확성기가 오늘의 메인이벤트를 장내에 안내했고, 장내의 열기는 한층 고조되었다.

"오늘 파룬의 왕비 자리에 도전하는 것은 도르센 왕국 오천위의 3인자로서 '광란의 황녀'로 알려진 마검사, 카밀라 님!!"

안내방송과 함께 입구에서 카밀라라 투기장에 모습을 드러냈다.

이번에는 검은 드레스 차림에 검은 양산 같은 것을 쓰고서 투기장 중앙으로 우아하게 걸음을 옮긴다. 귀족 영애가 정원에서 산책이라도 즐기는 것 같은 모습이다. 도저히 지금부터 싸울 사람으로는 보이지 않는다.

관객들이 그 귀부인 같은 생뚱맞은 복장과 카밀라의 미모에 술렁거렸다.

"저 복장 수상한데."

나는 옆에 앉은 야마토에게 말을 걸었다. 야마토는 두 번째 시합에서 심한 부상을 입었지만 루이다의 회복 마법으로 완전히 회복되어 있다.

"틀림없이 대(對)마도사용 장비일 겁니다. 특히 저 양산 같은 것은 의미심장하군요. 아마 술식이 빼곡하게 적혀 있지 않을까 합니다. 도르센의 마도구 기술력은 역시군요."

검은 드레스도 대(對)마법의 효과가 있는 장비가 틀림없다고 야마토는 말했다.

자국의 기술력을 칭찬받은 도르센 왕은 마냥 싫지만은 않은 표정을 지었다.

"이어서 마법을 사랑하고 마법의 사랑을 받는 여자, 맞서는 자는 번개로 섬멸, 국왕 폐하를 사랑이 아니라 마력으로 지지해 온 현 파룬 왕비, 뇌제 프라우 님!!"

또 다른 입구에서 모습을 드러낸 것은 평소와 같은 마도의를 입고 커다란 지팡이를 든 프라우였다. 평소처럼 무표정으로 천천히 걷고 있다.

몸집이 작아 어린애처럼 보이지만, 그 모습이 파룬의 백성들에게는 익숙해서 "왕비님, 힘내십시오!" 하는 성원이 관객석에서 날아왔다.

카밀라와 프라우가 정해진 위치에 서자 다시 안내방송이 흘렀다.

"그럼 지금부터 파룬 왕국 왕비의 자리를 걸고 프라우 님과 카밀라 님의 시합이 시작되겠습니다. 승패는 한쪽이 전투불능, 또는 패배를 인정한 시점에 결정되는 것으로 간주합니다. 좋습니까?"

두 사람 모두 고개를 끄덕였다.

"그럼 시작!!"

시작을 알리는 목소리와 동시에 카밀라가 손가락을 딱 튕겨서 '소닉 블레이드'를 날린다.

프라우는 무영창으로 결계를 펼쳐서 그것을 막고, 이어 비행 마법으로 상공으로 날아오르더니 마법을 외우기 시작했다. 간단한 마법이면 무영창으로 발동할 수 있지만, 어느 정도 랭크의 마법이면 영창이 필요하다.

이에 대해 마치 암살 무기처럼 소매에서 단검을 꺼낸 카밀라는 그것으로 허공을 갈라 손가락으로 튕겼을 때보다 몇 배나 크고 강력한 '소닉 블레이드'를 발동시켰다.

프라우도 그것은 결계로는 막을 수 없다고 판단했는지 비행 마법으로 몸을 피했다.

"저 '소닉 블레이드'는 위력이 상당하군요. 사용하는 단검도 강력한 마검일 겁니다. 지난번에 썼던 부채는 기사와의 전투를 상정한 근거리 전용이었지만, 저 단검은 마도사와의 장거리전을 상정하고 가져온 걸 겁니다."

야마토의 설명대로 단검에서 쏘아진 '소닉 블레이드'는 거리가 떨어져 있어도 위력이 줄지 않아 마법 결계를 베어 버렸다.

프라우도 직격은 피했지만 그중 몇 개가 몸을 스쳐서 가벼운 부상을 입었다. 단, 별로 개의치 않는 것 같다.

그 사이에 주문 영창이 끝나고 프라우의 반격이 시작되었다.

무수한 빛의 구슬이 프라우의 주위로 둥둥 떠오르더니 그것들이 일제히 빛의 화살이 되어 카밀라에게 쏟아진다.

라이트닝. 프라우의 특기 주문이자 정밀도·위력 모두 극한까지 끌어올린 뇌격.

카밀라는 검은 양산을 방패 삼아 그것을 막는 자세를 취했다. 양산에서 문양이 떠오르더니 거기에 새겨진 술식이 전개된다.

라이트닝과 술식이 서로 부딪쳐 격렬한 흙먼지와 폭발

음이 장내에 울려 펴졌다.

"재미있는 술식."

프라우가 중얼거렸다.

카밀라는 다친 곳 하나 없이 라이트닝을 막아낸 듯하다.

"재미있어? 여유만만이군요. 이건 내가 고안한 술식인데 방어용은 아니랍니다?"

카밀라는 그대로 양산의 끝부분을 프라우에게 향하더니 요염하게 웃었다.

"이건 방어술식이 아니라 흡수술식. 받은 주문을 흡수해서 반사하죠, 이런 식으로."

다시 양산의 술식이 발동하자 그 끝이 마력을 띠며 빛나더니, 조금 전까지 받고 있었던 라이트닝이 프라우를 향해 연사된다.

프라우는 성격적으로 방어 마법은 공격 마법만큼 특기가 아니다. 그래서 자신이 날린 라이트닝을 방어 결계로 다 받아내지 못하고 직격을 몇 개 맞더니 공중에서 낙하했다.

VI ◆ 인정사정없는 여자

　낙하하는 프라우를 보고 관중석에서 비명이 일어난다.

　카밀라는 떨어지는 프라우를 향해 계속 라이트닝을 퍼부었다.

　과연 '광란의 황녀'. 인정사정없다.

　프라우는 지면에 떨어지기 직전에 빙글 돌아 자세를 바로잡고 착지.

　흡수한 주문이 떨어졌는지 카밀라는 양산을 접더니 그것을 검처럼 잡고 프라우를 향해 질주했다.

　마력을 띤 양산은 무기로서도 기능하는 것이리라.

　프라우는 소매에서 하얀 어금니 같은 것을 몇 개 꺼내더니 지면에 던졌다.

　지면에 흩어진 그것은 쑥쑥 커지더니 인간의 형상을 한 해골 전사가 되었다.

　용아병이다. 용의 어금니에 마법을 부여함으로써 탄생하는 마법의 종자. 웬만한 기사보다 강하다고 일컬어지며, 고급 마법사가 호위로서 즐겨 부린다.

　검과 방패를 가진 5기의 용아병이 출현하여 프라우를 호위하듯 카밀라의 진로를 막는다.

　카밀라는 양산을 크게 휘두르더니,

"부서져 버렷!"

하고 1기의 용아병을 내리쳤다.

용아병은 숙련된 전사 같은 부드러운 동작으로 방패를 사용해서 방어하려 했지만, 우산은 방패째로 용아병을 부숴버렸다. 심상치 않은 파괴력이다.

"저 양산은 어떻게 쓰는 걸까요? 마력으로 질량을 증대시켜 거대한 곤봉처럼 쓰는 걸까요? 흥미롭군요. 도르센에는 저런 마도구가 많습니까?"

야마토는 카밀라의 마도구에 흥미가 끊이지 않는 모양이다.

"도르센 왕국에서는 부채나 우산이 무기로 쓰이는 건가?"

도르센은 생각보다 치안이 안 좋은 나라인지도 모르겠다.

"저건 오로지 저 녀석의 취향이오. 옛날부터 이상한 마도구를 자꾸 만드는데 저 녀석밖에 쓸 수가 없으니 도움이 안 된다오."

도르센 왕이 야마토의 의문에 대답했다.

"그렇군요, 하지만 훌륭한 재능입니다!"

도르센 왕은 거기에는 대답하지 않고 벌레 씹은 표정을 했다. 여동생의 재능을 나라를 위해 유용하게 활용하지 못한 것을 후회하고 있는지도 모른다.

카밀라는 양산을 화려하게 휘둘러 나머지 4기의 용아병까지 쓰러뜨렸지만, 그 사이에 프라우는 다시 공중으로 날아올라 결계 마법을 전개.

그러고는 아까보다 위력이 더 낮은 뇌격을 무영창으로 연속해서 날림으로써 카밀라가 양산을 펼 틈을 주지 않고 공격으로 전환했다.

몇 개의 번개가 섬광이 되어 카밀라의 몸을 때린다.

그러나 카밀라는 끄떡도 하지 않았다. 그러기는커녕 여유로운 미소를 짓고 있다.

"이 검은 드레스는 마법에 내성이 있는 드래곤의 피로 염색하고 대(對)마법 술식까지 짜 넣은 거랍니다. 그 정도 마법은 무의미해요."

드래곤의 피라면 꽤 값비싼 물건이다. 그걸로 드레스를 염색했다니 대체 돈이 얼마나 든 거냐. 역시 도르센의 불량채권, 쓸데없는 데 돈을 쓰고 있다.

"이대로 계속 싸우는 건 무의미할 것 같은데? 전 이 대결을 위해 대마도사용 장비를 완벽하게 갖췄답니다. 나쁘게 생각하지 말아 주세요. 승부는 싸우기 전부터 시작됐으니까요. 준비가 싸움의 승패를 결정하는 거 아니겠어요?"

카밀라는 입에 손을 대고 요염하게 웃었다. 승리를 확신하고 있는 모양이다.

"준비는 중요. 나도 그렇게 생각해."

공중에 떠 있는 프라우가 중얼거렸다.

"지금 후회하는 건가요? 패배를 인정하는 거예요?"

프라우는 고개를 가볍게 가로저었다.

"나도 준비했어."

"준비? 용아병 말인가요? 확실히 방패는 됐지만 그 정도로는…….'"

"어젯밤, 묻어 놨어. 용아병은 그 촉매."

그렇게 말하더니 프라우는 주문을 외우기 시작했다.

동시에 투기장 필드 전체에 마법진이 떠오르더니 부서진 용아병들의 잔해가 회오리바람을 타고 그 중앙으로 모여든다.

"마법진! 이렇게 큰?!"

발밑에서 수상하게 빛나는 거대한 마법진에 경악하는 카밀라.

그리고 용아병의 잔해들이 모인 곳을 중심으로 지면이 봉긋하게 부풀더니 그 안에서 뼈 드래곤이 출현했다.

"뭐지, 저건?!"

도르센 왕이 다시 몸을 내밀고 뼈 드래곤을 뚫어지게 쳐다본다.

관객들도 거대한 드래곤 뼈의 출현에 패닉에 빠졌다.

"스켈레톤 드래곤이군요. 뼈만 남은 드래곤의 시체가 언데드화한 것입니다. 원래의 드래곤보다 더 강력해지기도 해서 상당히 위험한 몬스터지요."

스켈레톤 드래곤. 사령술로 부리는 강력한 몬스터의 하나. 자연 발생하는 일은 없어서 나도 싸워본 적이 없다.

단, 저 드래곤의 뼈는 본 적이 있다. 마수의 숲을 개척했을 때 내가 쓰러뜨린 녀석이군. 마법 실험 재료로 쓴다고 하길래 뼈를 프라우에게 줬는데 이런 식으로 쓸 줄은 몰랐다.

혼란은 아랑곳하지 않고 프라우는 스켈레톤 드래곤의 뼈에 올라탔다.

"해치워."

쓰러뜨려야 할 적을 지팡이로 가리킨다.

스켈레톤 드래곤은 고개를 쳐들더니 입을 크게 벌리고 파란 브레스를 뿜었다. 대상을 불태우는 게 아니라 썩게 만드는 불꽃이다.

카밀라는 크게 도약해서 브레스의 직격을 피한다.

"브레스 대책은 안 세워 놨는데!"

투덜거리면서도 카밀라는 스켈레톤 드래곤의 주위를 달린다. 멈추면 브레스의 표적이 되어 버리기 때문이다.

그리고 스켈레톤 드래곤의 틈을 발견해서 접근.

"박살 나 버려!"

양산을 크게 휘둘러 뒷발에 강력한 일격을 가했다.

박살 나는 뼈. 그러나 스켈레톤 드래곤도 앞발과 꼬리로 반격한다.

지면이 푹푹 파이는 강력한 공격이다.

카밀라는 그것을 피해 다시 거리를 두었지만, 그 사이에 부서진 발뼈가 재생되었다.

"언데드가 저렇게 간단히 재생되는 거였나?!"

나는 야마토에게 물었다.

"아마 프라우 님이 마력을 흘려보내 재생시킨 겁니다."

그렇군. 술사에 따라서 부리는 언데드의 강함도 변하는군.

참고로 도르센 왕과 지크문트는 파랗게 질린 얼굴로 대결을 지켜보고 있다.

"이거나 먹어랏!"

카밀라가 마안을 발동. 스켈레톤 드래곤의 발을 꼼짝 못하게 해 놓고 양손으로 양산을 옆으로 휘둘러 거대한 '소닉 블레이드'를 날렸다.

"오, 저건 나도 못 하는 건데."

내 '소닉 블레이드'는 저렇게까지 크게 못 날린다.

"저건 거의 마법이군요. 마력량이 적은 사람은 못 하는 기술입니다."

야마토도 놀란다.

거대한 '소닉 블레이드'는 발이 묶인 스켈레톤 드래곤을 상하로 분단.

과연 스켈레톤 드래곤도 신체를 유지하지 못하고 와르르 무너졌다.

시간이 있으면 재생하겠지만, 카밀라가 양산을 치켜들고 달려들어 스켈레톤 드래곤의 머리통을 부숴버렸다.

"오호라. 아마 두부가 촉매 역할을 하던 곳인가 봅니다. 그곳을 파괴하면 재생이 불가능해지죠. 좋은 전술입니다."

야마토는 카밀라의 전략을 칭찬하고 있었다.

관중들은 거대한 스켈레톤 드래곤을 쓰러뜨린 카밀라에

게 흥분해서 카밀라의 이름을 연호하고 있다.

도르센 왕도 흐뭇하게 웃고 있다.

"어? 프라우는?"

스켈레톤 드래곤의 등에 올라타 있던 프라우가 어느새 안 보였다.

"저기! 저기 좀 봐!"

관객 중 누군가가 저 높이 상공을 가리켰다.

거기에는 허공에 복수의 빛의 마법진을 전개한 프라우의 모습이 있었다.

저건…… 선더 저지먼트를 날리려는 건가?

"큰일이다. 마도사들에게 결계를 강화하라고 해."

내 시합 때는 물리용 결계였지만 이번 시합에서는 마도사들에게 대마법용 결계를 전개시키고 있었다. 그러나 지금 레벨의 결계로는 선더 저지먼트를 막을 수 없다.

"군대한테 쓰는 마법을 개인한테 쏘다니 제정신이야?!"

표정이 굳은 카밀라가 양산을 펼쳐 술식을 전개. 선더 저지먼트에 대비한다.

"이것도 반사할 수 있는지 기대돼."

표정 하나 바꾸지 않고 프라우가 마법을 발동했다.

천둥이 울리고, 강렬한 번개가 무수하게 카밀라를 향해 쏟아진다.

번개가 여기저기서 결계와 충돌해서 굉음과 섬광이 투기장을 가득 채웠다. 객석에서는 비명이 일어난다.

음, 하지만 결계는 버틸 수 있을 것 같다. 마도사들도 실력이 늘었군.

그리고 마법이 발동을 마쳤을 때, 투기장 중앙에는 양산이었던 것을 들고 있는 카밀라의 모습이 있었다. 양산은 마법을 다 흡수하지 못해 천 부분이 사라졌고, 뼈대도 부러져 있다. 카밀라의 검은 드레스도 여기저기 타서 누더기 상태였다.

가까이에 있었던 스켈레톤 드래곤의 뼈는 숯덩이로 변해 있다.

"……기억났어요. 그러고 보니 나, 언니가 갖고 싶었어요. 그러니까 당신을 언니라고 부를게요."

쿨럭하고 검은 숨을 토해내더니 카밀라는 쓰러졌다. 폐까지 대미지를 입었군.

패배도 저렇게까지 인정하지 않으니 기특할 정도다.

"프라우 님, 승!!"

전투 불능으로 판정해서 프라우의 승리를 고하는 안내 방송이 흐른다.

그러나 객석에서는 프라우의 승리를 찬양하는 목소리가 일절 들리지 않는다. 창피한 듯 웅성거렸다.

"저건 좀 심한 거 아니야?"

"아까 출현한 뼈 몬스터도 그렇고, 프라우 님은 너무 지나쳐."

"이긴다고 장땡은 아닌 것 같은데······."

"카밀라 님도 최선을 다했어."

대충 이런 감상이 들려온다.

"마르스 왕! 저건 너무 심한 거 아니오!"

관객의 목소리를 대변하듯이 도르센 왕이 나에게 클레임을 걸었다.

"······뭐, 죽진 않았으니까 괜찮을 겁니다."

루이다를 선두로 카밀라에게 달려가는 회복반을 바라보면서 나는 대답했다.

프라우가 너무하지 않았던 적은 없지.

투기장에서의 대결이 끝난 뒤, 카밀라의 회복을 지켜본 도르센 왕이 숙박 시설로 향하는 마차 안에서 지크문트에게 말했다.

"지크문트, 파룬 녀석들은 하나같이 돌았어!

시합에서 그런 괴물을 소환하질 않나 주위가 다 날려 버릴 마법을 쓰질 않나, 정상이 아니야. 그걸 국민들은 실실 웃으면서 보고 있다고! 어떤 신경을 갖고 있는 거야!"

"지당하신 말씀입니다, 폐하. 파룬 사람들은 보통이 아닙니다. 전부 다 실력가입니다. 개개인으로 보면 조금 떨어지는 사람도 있지만, 그 수가 많죠. 유감스럽게도 도르센의 기사들로는 감당하기 어렵습니다."

"그렇겠지."

도르센 왕은 여러 가지로 단념하고 있었다.

"네. 특히 오그마, 워렌, 크롬 같은 각 기사단의 단장급은 제가 어떻게든 상대할 수 있는 레벨입니다. 오늘 동석했던 야마토라는 남자도 상당한 강자죠. 하지만 무엇보다도 무서운 것이 마르스 왕입니다. 그자는 저도 이기지 못합니다."

"그대조차 이기지 못하다니. '드래곤 슬레이어'라는 별명을 가진 지크문트조차도 말인가."

"네, 이기지 못합니다. 저 뇌제를 아내로 맞아들일 정도이니 담력도 보통이 아닐 겁니다."

어제까지 최강이라고 믿어 의심치 않았던 남자에게 도르센 왕은 일말의 기대를 걸고 있었지만 깨끗이 부정당했다.

"그렇겠지."

도르센 왕은 오늘의 시합을 떠올렸다. 그런 괴물 같은 여자를 아내로 삼다니, 자신은 도저히 불가능하다.

"어쨌거나 파룬하고는 상종하지 않는 게 좋겠어."

"저도 그렇게 생각합니다. 헌드레드는 소문보다 더 강자들만 모여 있습니다. 대륙 중앙 기사단에 필적하거나 그이상. 게다가 왕과 왕비는 영웅 레벨입니다. 쓰러뜨릴 수있는 상대가 아닙니다."

"그런 의미에서 이번 결혼은 성공이었던 건가. 하

긴······."

도르센 왕은 마차 밖 경치로 눈을 돌렸다.

"그 정도로 괴물들만 모인 나라가 카밀라한테는 어울릴지도 모르겠어."

도르센 왕은 오랫동안 속을 썩였던 여동생을 떠올리고 있었다.

Chapter.2

MONSTER
SELECTION
TOURNAMENT

VII ✦ 카밀라의 만찬

왕비의 자리를 둘러싼 싸움에서 패한 나는 다른 분야에서 이 나라에 영향을 주기로 결심했어요.

스켈레톤 드래곤을 부리거나 투기장을 통째로 숯덩이로 만들 만한 마법을 마구잡이로 날리는 여자와 싸우는 일은 두 번 다시 하고 싶지 않았지요. 나도 뒤에서 '광란의 황녀'라고 불리는 것 같지만, 광란이라는 두 글자는 그분에게 양보하겠어요.

우리는 왕의 아내이니 대결 같은 야만적인 분야에서 겨루려고 했던 것이 애초에 잘못이었어요.

마력 좀 세다고 내 위에 있다고 생각하면 큰 오산이죠.

사람의 가치는 검 실력이나 마력으로 결정되는 게 아니니까요. 뭐든지 힘으로 해결하려는 것은 야만인이나 하는 짓이에요.

내가 파룬이라는 후진국에 가져와야 하는 것. 그것은 문화예요.

이 나라는 귀족의 숫자가 적고, 믿기 힘들 만큼 문화가 세련되지 못해요. 나처럼 찬란한 중앙의 문화를 접하며 자라온 사람으로서는 견디기 힘든 일이죠.

왕성만 해도 실용성만 고려해서 지어진 멋대가리 없는

건물이라 화려함이 부족해요.

그러고 보니 야마토와 싸웠을 때, 성벽과 천장과 기둥이 좀 부서졌는데 그걸 가지고 재상 가마라스는 수리 비용이 어쩌고저쩌고 하면서 투덜댔지요. 이럴 줄 알았으면 성을 통째로 무너뜨려서 강제로 성을 다시 짓게 하는 건데.

……뭐 지나간 일은 이제 와서 어쩔 수 없죠.

아무튼 나는 고귀한 귀족으로서 파룬에 새로운 문화의 바람을 불어넣어 줘야 해요.

문화라고 해도 갑자기 회화나 조각을 보여준들 그들은 아무것도 느끼지 못하겠지요. 애초에 죄수 팔찌를 액세서리로 차고 다니는 사람들이에요. 예술의 좋고 나쁨의 차이를 깨닫게 하는 일은 너무 레벨이 높죠. 원숭이에게 시를 쓰게 하는 편이 더 나을 지경이에요.

거칠고 교양 없는 사람에게 문화를 가르치는 첫 단계, 그것은 식사죠.

도르센의 세련된 식사를 제공하면 자신들이 문화적으로 얼마나 뒤처져 있는지 깨닫겠지요.

그러려면 우선 파룬의 요리를 죽도록 폄하할 필요가 있어요. 웬만큼 맛있더라도 철저하게 흠을 잡아 요리사를 불러내서 욕을 퍼붓고 정신적으로 궁지에 몰아 쫓아내야 하죠.

그리고 그 대신 내가 도르센에서 데려온 일류 요리사를 궁정 요리사 자리에 앉히는 거예요. 이건 내가 횡포를 부리는 게 아니에요. 파룬의 문화 발전에 필요한 프로세스지요.

그런 연유로 나는 지금 마르스 왕과 단둘이서 하는 첫 저녁식사 자리에 앉아 있답니다. 어떤 조잡한 요리가 나올지 너무 기대가 되는군요.

급사들이 은쟁반에 요리를 갖고 나왔어요.

자, 어떤 요리일까요?

······접시 위에는 달랑 날고기 한 점이 올려져 있을 뿐이었어요.

이게 뭐야? 혹시 타국에서 시집온 비를 놀리는 건가?

그렇게 생각하고 남편이 된 마르스 왕을 봤더니, 나보다 더 큰 날고기를 주저 없이 입으로 가져가고 있었어요.

······이 나라의 식생활은 1만 년 전에 멈췄나요?

뭐 좋아요. 상상보다 더 열악한 환경이지만 그만큼 내 계획은 더 순조롭게 진행되겠죠.

당장 요리사를 불러내도록 해야겠어요.

"뭐야, 이 요리는? 날고기를 그대로 먹게 하다니, 내가 오크인 줄 알아? 요리사 나오라고 해, 요리사!"

"요리사 말씀이십니까? 저, 이건 요리사가 만든 게 아니라······."

내 예상대로 급사들은 겁에 질려 있었어요. 오늘부터 누가 이 성의 여주인인지 깨닫게 해 줘야겠어요.

"아무나 상관없으니까 이 요리를 만든 책임자를 불러와!"

급사들이 허둥지둥 방에서 나갔어요.

마르스 왕은 잠자코 날고기를 먹고 있었어요. 이런 조잡한 식사에도 불평 한마디 없다니, 강한 것 같아도 물러터진 모양이군요. 이거 의외로 간단히 이 나라의 실권을 잡을 수 있을지도 모르겠어요.

속으로 웃고 있는데 한 남자가 방으로 성큼성큼 들어왔어요.

헌드레드의 1위, 오그마였어요. 파룬을 상징하는, 머리도 몸도 근육으로 되어 있는 남자죠. 브릭스 전투에서는 기사의 목을 50개도 넘게 베어 도르센에서도 두려움의 대상이었죠.

"당신인가. 우리가 헌상한 몬스터 고기에 토를 단 사람이?"

네? 몬스터 고기? 소나 사슴이 아니라?

"이, 이게 몬스터 고기인가요? 그런 걸 왕과 그 비한테 먹으라고? 무례한 것도 정도가 있죠!"

"무례는 얼어죽을. 이건 우리 헌드레드의 강한 육체와 정신을 만들기 위해 필요한 것으로, 위대하신 제로스 왕께서 널리 퍼트리신 식사. 독은 있으나 체력도 마력도 향상되니 잔말 말고 먹도록."

"독? 독이 있는 줄 알고도 내왔다고요? 대체 무슨 생각으로……."

오그마는 귀찮다는 듯이 한숨을 후 내쉬었어요.

"당신한테 내놓은 건 몬스터 중에서도 제일 먹기 쉬운 킬러 래빗 고기야. 헌드레드에 갓 들어온 16살짜리 꼬맹이도 먹는 고기지. ……뭐, 16살 전의 몸이 다 완성되지 않은 어린애한테 먹이면 죽을지도 모르지만."

"죽어? 지금 죽는다고 했어요?"

"거참 시끄럽네. 당신은 이미 18살이 넘었잖아? 그럼 안 죽어.

봐, 폐하의 모습을. 폐하께서 드시는 건 우리가 다 달려 들어서 쓰러뜨린 베헤모스 고기라고. 저 고기를 먹으면 다 큰 성인이라도 꼴까닥이지. 나도 간신히 먹는 거야. 이 나라에서 아무렇지도 않게 먹을 수 있는 사람은 폐하뿐이야.

그런데 고작 킬러 래빗 고기 갖고 난리 법석이라니. 폐하의 비가 되려면 그 정도 각오는 보여줘야 할 거 아닌지."

베헤모스? 베헤모스는 상급 드래곤에 비견하는 초대형급 몬스터. 움직이는 재앙이라고도 불리죠.

그 고기를 이 나라 왕이 먹고 있다?

보니, 마르스 왕은 마치 우리의 대화가 안 들리기라도 하는 것처럼 일심불란으로 말없이 고기를 먹고 있었어요.

"베헤모스는 좀처럼 나타나지 않는 몬스터지만, 덩치가 워낙 커서 살도 많지. 하지만 이 나라에서 그 고기를 아무렇지도 않게 먹을 수 있는 사람은 제로스 왕뿐. 그래서 고기는 마법으로 냉동보존해서 폐하가 식사 때마다 드시고 계시지. 그래, 베헤모스 고기야말로 제로스 왕이 도달하신 정점의 증거. 폐하는 늘 우리보다 까마득히 높은 세상에 계시는 거야."

마르스 왕을 쳐다보는 오그마의 시선은 순진한 어린애

처럼 빛나고 있었어요.

도무지 이해가 가지 않았어요. 이 나라의 신분은 독에 내성이 있는 순서대로 정해지는 걸까요?

"웃기는 소리. 난 도르센에서 왔어요. 파룬의 야만적인 풍습에 따를 필요가 없다고요."

"그건 안 될 말이지. 당신은 이미 헌드레드의 일원이야. 그 고기를 먹을 의무가 있어. 먹지 않으면 내가 강제로 입에 쑤셔 넣을 거야."

"멋대로 버서커의 일원으로 만들지 말아 줄래요?"

내 비난을 무시한 채 오그마가 한 발짝 앞으로 내딛었어요.

"이 무례한 놈이!"

그 위압감에 그만 손가락을 울려 '소닉 블레이드'를 쏘고 말았어요. 아니, 이건 불가항력이었어요. 내 잘못이 아니에요.

"이크."

그러나 오그마는 그것을 손바닥으로 쉽게 받아냈어요.

그 충격으로 뭔가가 파열한 듯한 커다란 소리가 방 안에 울렸지만, 그래도 마르스 왕은 묵묵히 식사를 계속하고 있었어요.

"큰일 날 뻔했네. 다른 사람이었으면 손가락이 날아갔다고."

아니, 그건 손가락 정도가 아니라 목이 날아가는 위력인데 어떻게 맨손으로 받을 수가 있는 거죠?

"그 정도 '소닉 블레이드'는 폐하의 발끝에도 못 미쳐. 당신은 폐하께 도전하고 싶어서 이 나라에 왔잖아? 그럼 더 몬스터 고기를 먹어야지. 먹을 용기가 안 난다면 내가 먹여 준다니까?"

천천히 다가오는 오그마에게 나는 공포를 느꼈어요.

"먹을게요! 먹을 테니까 오지 마요!"

나는 재빨리 접시 위의 날고기를 향해 돌려 앉고는 나이프로 작게 썰어 입으로 가져갔어요.

……정신이 아득해졌어요. 맛이 있고 없고의 차원이 아니었어요.

신체가 받아들이기를 거부하고 있었어요. 누가 봐도 먹으면 안 되는 뭔가였어요.

구역질을 참고 간신히 씹어 삼켰어요.

너무 속이 안 좋아서 컵에 든 물을 단숨에 전부 마셔 버렸죠.

그래도 먹은 고기가 뱃속에서 꿈틀거리고 있는 기분이었어요. 고기의 모양을 한 벌레를 몸속에 집어넣은 듯한 착각에 빠졌어요.

"오, 거봐, 하면 되잖아."

오그마가 못된 아이를 칭찬하듯이 말했어요.

"……당신들, 정말 이런 걸 먹는다고요?"

한 입 먹었을 뿐인데도 이 지경이라니. 이걸 식사 때마다 먹는다니 도저히 믿을 수가 없었어요.

"먹지. 약한 몬스터 고기부터 시작해서 서서히 레벨을 올리는 거야."

독 레벨을 올린다? 이 나라 사람들은 죽고 싶어 환장이라도 한 거야?

"무리예요! 난 못 해요!"

이렇게 된 이상 눈물 작전이에요. 악마와 귀신의 혼혈이라고밖에 생각되지 않는 오그마는 무시하고 마르스 왕에게 애원하는 수밖에 없었죠.

마침 그는 고기를 다 먹은 참이었어요.

나는 젖은 눈으로 마르스 왕을 쳐다봤어요.

"폐하. 전 몬스터 고기 못 먹겠어요. 부디 자비를 베풀어 주세요……."

여기서 눈물을 한 줄기 흘리는 것이 비결이죠. 나는 세계 제일의 미녀니까 이런 식으로 부탁받고도 거절할 수 있는 남자는 없을 거예요.

"카밀라."

마르스 왕이 빙그레 웃으며 내 이름을 불렀어요. 됐다! 성공이야!

"난 당신에게 기대하고 있어. 힘써 줘."

그렇게 말하더니 왕은 방에서 휙 나가 버렸어요.

응? 지금 버림받은 거야?

멍하고 있는 내 어깨에 오그마가 손을 얹었어요.

"폐하가 당신한테 기대하고 있는 것 같군. 그 기대에 부응해야지. 아니, 부응하지 않으면 신이 허락해도 내가 허락 못 해."

그렇게 고기를 다 먹을 때까지 오그마는 나를 감시했어요.

나는 눈물을 흘리면서, 때로는 그 지독한 맛과 슬픔에 오열하면서 1시간이나 걸려 고기를 다 먹었어요.

그날 밤, 내가 심하게 배탈이 난 것은 말할 것도 없었답니다.

베헤모스 고기는 여전히 맛없다. 정신을 집중시켜서 신체의 독 내성을 극대로 활성화시키지 않으면 먹는 도중에 중독되어 버린다.

오늘은 카밀라와 처음으로 식사를 같이했는데 이 베헤모스 고기 탓에 별로 대화를 나누지 못했다.

겨우 다 먹었다 했더니 카밀라와 오그마가 대화를 나누고 있었다.

그리고 카밀라가 나에게 "몬스터 고기를 먹고 싶지 않다"라고 호소해 왔다.

음, 나도 그런 맛없는 고기를 먹을 필요는 없다고 생각한다. 인간다운 식사를 하는 게 당연히 낫다.

가져다 달란 적도 없는데 매번 몬스터 고기를 가져오는

오그마도 어떻게 해 버리고 싶다.

　그래서,

"난 당신에게 기대하고 있소. 힘써 주시오."

라고 말했다.

　타국에서 온 카밀라라면 몬스터식이라는 이 나라에 만연한 끔찍한 관습을 없애 줄지도 모른다고 기대했던 것이다.

　단, 그것을 차마 내 입으로 말할 수는 없어 서둘러 방을 뒤로했다.

　힘내라, 카밀라!

VIII ◆ 카밀라의 생활

정식으로 파룬에 시집온 날부터 카밀라의 지옥은 시작되었다.

식사는 세 끼가 몬스터 고기.

처음에는 본국에서 데려온 요리사가 만든 요리를 따로 먹었지만, 최소한 공복으로 비워 두지 않으면 몬스터 고기를 먹는 것이 고역이었다. 게다가 몬스터 고기를 먹으면 속이 울렁거려서 다른 요리도 받지 않는 악순환에 빠졌기 때문에 곧 그만두었다.

그녀는 식사 때마다 지금까지의 자신의 행실을 후회했다.

카밀라가 도르센에 있었을 때는 "그 요리는 지금 먹고 싶지 않아" "나더러 그딴 걸 먹으라고?" "내가 먹고 싶은 건 여긴 없어" 등등 온갖 트집을 잡아 요리사들과 종자들을 난처하게 하고 수많은 요리를 버리게 했다.

'내가 배가 불렀었지. 지금이라면 그때 까탈 부려서 버린 요리를 죄다 맛있게 먹을 텐데. 아니, 앞으로는 절대로 요리에 대해 배부른 소리 안 할 거야. 그게 몬스터 고기만 아니라면.'

그렇게 후회해 보지만 눈앞의 몬스터 고기는 사라지지 않고 오그마도 감시의 눈을 번득이고 있어 억지로라도 입에 쑤셔 넣는 수밖에 없었다.

그리고 밤. 카밀라는 마르스의 아내가 되었으니 당연히 밤의 상대가 되지 않으면 안 된다.

게다가 왕비인 프라우가 카밀라가 시집옴과 동시에 회임을 발표했기 때문에 당분간은 그녀 혼자 왕을 상대하게 되었다.

카밀라의 결혼이 결정되었을 때, 프라우의 종자가 프라우에게 이렇게 물은 적이 있다.

"왕비님, 괜찮으십니까? 폐하께서 새 아내를 들이시는 것 말입니다……."

마르스와 프라우가 금슬 좋은 부부라고 알고 있는 종자는 마르스가 새 아내를 맞이한 것에 프라우가 상심했을까 걱정한 것이다.

"괜찮아. 나는 당분간 못 움직이게 될 거야."

이때 프라우는 자신에게 아이가 생겼다는 것을 예감하고 있었다.

"그리고 나 혼자서는 힘들어."

"?"

종자는 뭐가 힘들다는 건지 알 수 없었지만 아마도 왕비로서의 역할을 가리키는 거라고 생각했다.

다른 일화도 있다.

왕도에는 수많은 유곽이 투기장 관람객 덕분에 번성하

고 있었는데, 당연히 헌드레드 멤버들도 단골손님이었다.

그러나 그들의 평판은 지독했다. 딱히 씀씀이가 짜다는 것이 아니다. 오히려 좋은 편이다. 원래라면 귀한 손님이지만, 헌드레드의, 그중에서도 랭킹이 높은 멤버일수록 창부들은 상대하기를 싫어했다.

하룻밤 그들을 상대하면 심신이 모두 지쳐서 2, 3일은 꼼짝도 할 수 없을 만큼 피폐해지기 때문이다.

그렇게 되면 아무리 씀씀이가 좋아도 매상을 올릴 수 없다. 그렇다고 거절할 수도 없는 노릇이라 헌드레드 멤버는 유곽에서 환영받지 못했던 것이다. 그야 당사자들은 그런 것 따위 개의치 않지만.

몬스터 고기는 체력도 마력도 높여 주지만 영향은 거기에만 그치지 않고 그쪽 방면으로도 큰 영향을 미치고 있었다.

그리고 헌드레드의 정점에 있는 마르스도 예외는 아니다. 아니, 제일 강하게 영향을 받고 있었다.

똑같이 몬스터 고기를 섭취하고 감정의 기복이 거의 없는 프라우조차도 다소 질릴 정도로.

단, 마르스도 프라우도 다른 상대를 모르니 으레 그런 줄로만 알았다.

한편 카밀라는 직접 경험한 바는 없으나, 밤일을 통해 왕을 뜻대로 조종한 비의 선례를 몇 가지나 알고 있었기 때문에 자신도 그렇게 되리라고 야심을 불태우고 있었다.

프라우가 먼저 회임한 것은 유감이지만, 핏줄을 생각하

면 아이만 생기면 도르센의 왕족인 자신이 더 우대받으리는 생각에 밤의 상대를 하는 일에 적극적이었다.

그리고 첫날밤에 마음이 꺾였다.

완전히 기진맥진해서 늘어져 있는 자신은 아랑곳 않고 우뚝 일어서는 마르스의 모습을 보고 카밀라는 경악했다.

이건 인간이 아니다, 몬스터다.

'이렇게 살다가는 언젠가 죽고 말 거야!'

카밀라는 생명의 위협을 느꼈다. 그리고 생각했다.

건강이 안 좋아지면 도르센으로 돌아갈 수 있지 않을까 하고.

그러나 정작 몸은 처음에는 안 좋더니 곧 적응해서 지극히 건강했다.

꾀병을 부리고 싶어도 오그마가 종자들을 풀어 카밀라를 잡아와 강제로 식사를 하게 하므로 무의미했다.

불행은 계속된다.

한 달쯤 지난 어느 날, 아침 식사라는 이름의 고문을 마친 뒤 야마토가 모습을 드러냈다.

"카밀라 님, 오그마 경으로부터 몸이 식사에 적응되었다는 보고를 받았기에 오늘부터 단련을 시작하도록 하겠습니다."

봄이 식사에 적응됐다? 확실히 배탈은 사라졌지만 혀는 전혀 적응되지 않았다. 그걸 적응됐다고 하는 건가?

도대체 단련은 또 뭔가? 왕의 아내가 어째서 몸을 단련해야 한단 말인가?

"……나한테 그 단련을 거부할 권리는 있나요?"

여러 가지로 단념하고 있는 카밀라지만 일단 물어보았다.

"그게 무슨 말씀이십니까, 카밀라 님. 당신은 보기 드문 재능의 소유자. 그것을 키우지 않고 방치하는 것은 신에 대한 모독입니다!"

파룬이라는 나라의 존재 자체가 신에 대한 모독이다, 내일쯤 천벌이 내리면 좋겠다, 라고 카밀라는 생각했다.

"……그래서 단련이란 게, 어떤 건데요?"

"간단합니다. 마수의 숲에서 살아 돌아오는 것뿐입니다."

아, 그러고 보니 그런 이야기를 했었지, 하고 카밀라는 훈련받았을 때 들은 이야기를 떠올렸다. 그게 진심이었단 말인가.

마수의 숲에 두고 온다고? 그건 단련이 아니라 산제물을 바치는 의식 아니야?

그러나 카밀라는 번뜩 무슨 생각이 났다.

마수의 숲에서 돌아오지 않으면 되는 것 아닌가. 그대로 도르센으로 도망쳐 버리면 되지 않는가.

"알겠어요. 그 단련인지 뭔지 하도록 하죠."

일말의 희망을 품고서 카밀라는 마수의 숲으로 향했다.

안 돼, 이러다 죽겠어.

마수의 숲 심부에서 카밀라는 생명의 위협에 노출되어 있었다.

"죽지 않을 정도의 몬스터가 나온다"라며 끌려온 장소인데 아무튼 몬스터가 거대하고 강하다.

통나무 같은 뱀, 작은 산 같은 멧돼지, 보통의 100배가 넘는 사이즈의 벌레, 거기에 식물형 몬스터에 정령계, 사령계 등등 보이는 것 대부분이 몬스터다. 쓰러뜨리지 못할 것도 없지만 아무리 쓰러뜨려도 계속해서 나타났다.

이제는 도망치면서 싸우는 수밖에 없었다. 목표 지점은 숲에서 보이는 파룬의 왕성이다.

거기로 가는 것 말고 선택지는 없었다.

자신이 가진 모든 힘을 써서 싸우고 또 싸워가며 꼬박 하루가 걸려 죽기 살기로 왕성에 당도했다.

성문 앞에서 카밀라는 울었다.

가로등이 사랑스러웠다, 또 사람과 만날 수 있다는 것이 기뻤다, 무엇보다도 살아 있다는 것이 멋졌다.

모든 것에 감사하며, 사람이 살아가는 의미를 깨달은 카밀라의 앞에 야마토가 나타났다.

그는 미소 짓고 있었다.

"아직 더 할 수 있을 것 같군요? 다음은 좀 더 깊숙이 가 볼까요?"

"당신한테는 인간의 마음이란 게 없는 거야?!"

드디어 폭발한 카밀라는 따닥따닥 손가락을 연달아 울려서 바람의 칼날로 야마토를 노렸다. 전에 야마토와 싸웠을 때보다 더 강력해져 있었고, 칼날을 만들어내는 속도도 향상되었다.

"훌륭하군요! 전에 싸웠을 때와 비교해서 착실히 레벨업 되었어요!"

야마토는 순간적으로 장검을 빼 들고는 바람의 칼날을 차례차례 쳐낸다. 그러나 미처 다 쳐내지 못해 칼날 몇 개는 몸을 비틀어 피했다. 지난번 싸움에서는 검만 가지고도 대처할 수 있었는데. 거기에는 확실히 카밀라의 성장이 보였다.

카밀라는 지금까지 제대로 노력해 본 적이 없었던 만큼 성장 속도가 빨랐다.

'이거 해볼 만한데! 이 노인네를 쓰러뜨리고 도르센으로 돌아가자!'

카밀라의 눈동자가 붉게 변하고 마안이 발동. 야마토가 제대로 서 있지 못할 정도로 몸이 무거워졌다.

"과연. 마력이 향상된 만큼 마안도 위력이 높아졌군요. 마안이라는 건 참 편리해요."

마안에 대응하기 위해서 야마토는 곧바로 중력 팔찌를 빼고는 마치 남 일처럼 냉정하게 분석했다. 단, 이번에는 중력 팔찌의 효과보다 마안의 위력이 더 높다. 야마토의 움직임이 눈에 띄게 둔해졌다.

"실컷 여유 부리면서 저세상에 가라지!"

카밀라는 부채를 꺼내 흔들어서 강력한 충격파를 연달아 날렸다.

당연히 이것도 위력이 높아져서 파동이 지면을 움푹움푹 파면서 야마토를 향해 날아간다.

야마토는 이것을 높이 도약해서 피했지만, 거기에 바람의 칼날이 쇄도.

"못 피하겠지?"

적의 죽음을 확신하고 붉은 눈동자로 냉혹한 미소를 짓는 카밀라. 그 모습은 아름답고도 흉악한 것이 마인을 연상시켰다.

"아직입니다만."

돌연 야마토가 손에 든 칼의 숫자가 늘어났다. 아니, 검 끝이 잔상이 되어 보일 정도로 빠른 검놀림. 그것은 바람의 칼날을 모조리 쳐냈다.

"'미라지 소드'! 마테우스의 검기를?!"

자신이 깔보던 옛 동료의 기술에 카밀라는 놀랐다.

한때는 '잔재주'라고 비웃던 것이지만, 야마토가 사용한 기술은 오리지널보다 더 다듬어져서 한 동작으로 무수한 참격을 현현시킨 듯했다.

게다가 야마토는 공중에 마력으로 발판을 만들고 맹렬한 기세로 카밀라를 향해 온다.

'미라지 소드'로 높아진 심박 상태를 유지하면서 그것을 이동속도에 반영시킨 것이다.

"말도 안 돼!"

급격한 속도 상승에 카밀라는 당황했다. 부채를 마법 검으로 변화시켜 요격을 시도했지만 그 직전에 야마토의 모습이 사라졌다.

"뭐야?!"

그것은 야마토가 오그마와의 시합에서 보여준 기술. 순간적으로 상대의 배후를 치는 검기다. 알아챘을 때는 늦었다.

뒤에서 목덜미에 강렬한 일격을 맞고 카밀라의 시야가 일그러졌다.

그러나 멀어져 가는 의식 속에서, 카밀라는 자신이 확실히 강해졌음을 실감했다.

IX ◆ 맛있게 먹자

　카밀라가 오고부터 파룬에 조금 생기가 도는 것 같다.

　'광란의 황녀'라 불리는 카밀라였지만, 도르센 왕가 출신답게 의외로 상식적이다. ……단지 우리 녀석들이 너무 비상식적인 것일 뿐이라는 생각도 들지만.

　아무튼 그녀는 여러모로 건설적인 제안을 해온다.

　그중 하나가 식사의 개선이었다.

　"몬스터 고기는 너무 맛없어요! 우리는 짐승이 아니라 사람이니까 제대로 조리해서 먹어야 해요! 불도 안 쓰고, 조미료도 안 쓰고 날것을 그대로 먹다니, 지금까지 인간이 해온 노력을 짓밟는 야만적인 짓이라고요!"

　이것이 카밀라의 주장이다.

　구구절절 옳은 말이다. 그 고기는 그냥 독일 뿐이다. 그 독을 매끼 먹어야 한다는 것은 인생의 절반을 손해 보는 것과 같다.

　즉 내 인생의 절반은 현재진행형으로 상실되고 있다.

　그러나 이 지당한 제안에 반대 의견이 나왔다. 필두는 물론 오그마였다.

"몬스터 고기는 당연히 날로 먹는 게 좋아. 그래야 강해지니까! 이건 신성불가침의 헌드레드의 철칙이기도 해!"

신성불가침이라니, 헌드레드는 그런 정상적인 조직이 아니잖아.

누구야, 그런 쓸데없는 철칙을 만든 놈은.

⋯⋯나네.

아니, 아니야. 나만 맛없는 날고기를 먹는 게 싫어서, 처음에는 제대로 날고기를 조리하려던 오그마 일행에게,

"안 돼, 날로 먹어야 돼. 안 그러면 강해지지 않는다고."

라고 말했을 뿐이야.

그야 불에 굽거나 소금이라도 치면 그나마 먹을 만하겠지. 나도 처음에는 그랬고. 하지만 스승님한테 날로 먹으라고 강요당한 이래로 그렇게 먹는 게 습관이 되어 버렸다고.

애초에 날로 먹어야 강해진다는 게 진짠지 아닌지도 잘 모른다.

스승님은 맛없는 걸 먹는 것도 수행이라고 생각하실 테고.

그러니까 내가 피해자⋯⋯동료를 늘려야겠다고 생각한 건 당연한 흐름이었던 것이다.

설마 그것이 멋대로 철칙이 되어 버릴 줄은 상상도 못했지만.

어쨌든 헌드레드 녀석들은 카밀라의 식사 개선안에 맹렬히 반대했다.

어째서 음식을 맛있게 먹겠다는 인간으로서 당연한 욕구를 거부하는 것인가, 이 녀석들은?

"카밀라 님의 의견은 인간으로서 당연하잖아? 난 그 의견에 찬성."

유일하게 카밀라 측에 선 사람은 승려 루이다였다.

오그마들로부터 '누님'이라고 불리며 경외 받는, 이 나라에서 헌드레드에 반대 의견을 펼 수 있는 얼마 안 되는 사람 중 하나다.

"인간은 짐승이 아니잖아? 그 식사는 인간을 만든 신에 대한 모독이라고. 너희도 조금은 인간다운 식사를 해봐."

평소 신세를 지고 있는 루이다가 그렇게 말하자 오그마 일행도 약해졌다.

쩔쩔매는 간부들을 보고 이때다 싶어서 나도 한마디 하기로 했다.

"뭐든 시도해 보는 게 중요해. 타인의 의견을 덮어놓고 부정하면 고정관념에 사로잡히게 돼. 너희는 날로 먹는 게 좋다고 하지만, 그건 내 의견을 그대로 받아들인 것뿐이잖아? 내 말이라도 의심하라고. 스스로 실제로 확인한 걸 믿어. 알겠어?"

"네!"

그들이 일제히 무릎을 꿇었다. 알아들은 것 같아서 기쁘다.

"그러므로 카밀라의 시도를 허락한다. 몬스터 고기를 훌

류히 조리해 보도록."

"감사합니다."

카밀라가 우아한 동작으로 감사를 표했다. 이런 점은 공주님 같고 아름답다.

잠깐. 혹시 이 나라의 정상적인 공주는 카밀라 정도밖에 안 남은 거 아니야? 공주라고는 '광란의 황녀'밖에 없는 나라라니, 인재가 없어도 이렇게 없나.

그로부터 몇 달이 흘러, 카밀라로부터 몬스터 고기로 새로운 요리를 완성했다는 보고가 들어왔다.

도르센에서 데려온 일류 요리사가 악전고투해서 만들었다고 한다.

그런 독을 요리하게 해서 미안하다.

식탁 위에는 도저히 몬스터 고기로는 보이지 않는 먹음직스러운 요리들이 차려졌다.

고기 표면이 완벽하게 구워진 스테이크. 한눈에 봐도 부드러워 보이는 고기의 냄새가 코를 간지럽힌다. 안은 연한 핑크색으로, 당장에라도 육즙이 흘러넘칠 것만 같다. 그 지독한 고기를 어떻게 이렇게 조리할 수 있는지 수수께끼다.

숯불로 천천히 구워 훈연향이 밴 립. 고기 표면에는 숯에 탄 자국이 있고, 특제 소스가 두껍게 발라져 있다. 냄새가 죽인다.

고기와 함께 향기로운 허브와 스파이스가 들어간 수프. 아름다운 황금색을 띠고 있다. 야채와 함께 오랫동안 끓여서 고기 냄새가 수프에 녹아든 듯하다. 그 고기에 독이 아니라 감칠맛이 있었다니 참으로 놀랍다.

살짝 구운 빵 같은 것에 향기롭게 구워진 고기와 신선한 야채를 감은 특이한 요리도 있었다. 도리스라는 도르센의 향토 요리라고 한다. 신맛이 나는 독특한 소스로 맛을 낸 것인데, 포장마차에 내놓으면 날개 돋친 듯 팔릴 것처럼 생겼다.

몬스터 고기가 아니라도 파룬에서 이런 먹음직스러운 요리들을 먹기란 상당히 어려울 것이다. 어쨌든 우리나라는 기본적으로는 시골이니까.

"몬스터 고기를 우유에 장시간 재워서 누린내를 제거하는 동시에 부드럽게 만든 후 조리했습니다."

카밀라가 데려온 요리사 자브로가 긴장한 표정으로 설명했다. 수염을 기르고 머리는 희끗희끗한 초로의 남자다. 자못 솜씨 좋은 장인의 느낌이다.

오로지 누린내 제거를 위해 우유를 그런 식으로 사용하다니, 사치스러운 요리도 다 있다. 파룬에서는 생각도 못할 조리방법일 것이다.

"다만 그…… 누린내를 제거해도 독성까지는 제거하지

못해서 저는 맛을 볼 수 없었습니다. 맛은 카밀라 님과 루이다 님께 확인을 부탁드렸습니다."

요리사는 황공하다는 듯이 말했다. 그야 그렇겠지. 먹으면 죽는걸.

"맛은 제가 보증합니다."

카밀라가 풍만한 가슴에 손을 대고 말했다.

"도르센의 요리랍니다. 고기 요리밖에 없어 기품이 떨어지는 건 유감이지만, 그 악마의 고기를 이 정도로 맛있게 만들 수 있는 요리사는 또 없을 거예요!"

응응, 확실히 그렇다. 보기에는 무척 맛있어 보인다.

"나도 조리를 도왔는데, 인간이라면 이런 요리를 먹어야지."

카밀라를 지지하는 루이다도 이 요리에 자신이 있는 모양이다.

"그럼 이 요리들은 먼저 폐하께서 맛을 보세요."

나를 위해 카밀라가 접시에 요리를 덜어 주었다.

그 아내다운 행동이 기쁘다. 고맙게 먹어야지.

"잠깐."

접시를 나한테 가져오려는 카밀라의 앞을 오그마가 막아섰다.

"그 요리는 폐하께 드릴 수 없다."

응? 왜?

"……왜죠? 내가 폐하께 독이라도 탔을까 봐?"

카밀라가 험악한 눈빛으로 오그마를 노려보았다.

"폐하를 우롱하지 마라! 겨우 독 따위로 어떻게 될 분 같으면 식사 때마다 몬스터 고기 독에 진작에 돌아가셨어!"

오그마가 일갈했다.

뭣 땜에 화를 내는 거냐, 너는?

왕이 독만 먹고 있는 상황에 의문을 가지라고.

"그렇습니다, 카밀라 님. 독으로 죽일 수 있었으면 제가 진작에 죽였지요."

가마라스?!

"……그럼 뭐가 문제죠?"

오그마와 가마라스의 말에 독기가 빠진 카밀라가 평정심을 되찾은 듯하다.

"제로스 왕은 힘의 구도자. 아무리 한 끼라도 힘을 키워 주는 효과가 없는 고기를 드시게 할 수는 없어. 폐하는 늘 어긋남이 있어서는 안 된다고!"

멋대로 남의 존재를 정의하지 말아 줄래요? 나는 눈앞의 먹음직스러운 요리를 먹고 싶습니다만?

"그래서 어쩌라는 거죠?"

"맛은 우리가 본다. 희생양이 되는 건 우리로 충분해."

그렇게 말하더니 오그마는 스테이크를 덥석 베어 물었다.

"……맛있다. 역시 도르센의 일류 요리사의 솜씨야."

"맛있어."

어느새 프라우가 다람쥐처럼 도리스를 갉아먹고 있었다.

"이 립도 일품인데 그래. 소스가 훌륭해."

야마토도 맛있게 립을 우물거리고 있다.

"이 수프도 꽤 깊은 맛이 나. 고기와 야채와 스파이스가 절묘한 하모니를 이루고 있어."

크롬이 수프의 완성도를 칭찬했다.

몬스터 고기를 먹지 못하는 가마라스를 제외한 가신들이 너무나도 맛있게 요리를 먹고 있다.

참고로 내 눈앞에는 오그마가 서 있어서 요리에 손을 뻗을 수가 없다.

……놀리는 거지? 일부러지? 일부러 그러는 거지?!

"오그마, 내가 전에 말했었지? 스스로 확인하라고. 왜 이 요리에 효과가 없다고 단정 짓는 거지?"

나는 왕답게 위엄을 담아 오그마에게 주의를 주었다.

됐고, 내 앞에서 꺼져줘. 나도 요리를 먹고 싶다고.

"네! 물론 확인했습니다!"

"응?"

"거기, 들어와."

오그마가 문 밖에다 대고 말했다.

그러자 거기에서 두 남자가 방 안으로 들어왔다.

아직 젊다. 얼굴에 앳된 인상이 남아 있다. 아마 16살 전후로, 헌드레드에 들어올 수 있는 최소 연령일 것이다.

두 사람의 얼굴은 매우 닮았지만 체형은 전혀 달랐다.

한 사람은 날씬하지만 나이에 비해 다부진 몸매다.

그에 비해 다른 한 사람은 매우 단련된 몸이었다. 옆 남자와 비교하니 몸이 배는 커 보인다. 성인 남자랑 비교해도 뒤지지 않았다.

"그 두 사람은 뭐지?"

"헌드레드의 신입입니다. 그리고."

오그마가 두 사람을 가리켰다.

"쌍둥이입니다."

쌍둥이? 확실히 얼굴은 닮았지만 체형이 전혀 다른데?

"어떻게 된 거지?"

내가 생각하던 것을 카밀라가 물었다.

"아, 내가 이 중 한 사람에게는 몬스터 고기를 생으로, 다른 한 사람에는 조리한 몬스터 고기를 꾸준히 먹였거든. 몇 달 동안 쭉. 말할 것도 없지만, 고기를 먹기 전에는 이 녀석들의 체격은 완전히 똑같았어. 그런데 봐."

대답을 마친 오그마는 자신만만하다.

야, 그거 인체실험 아니냐…….

"아벨, 날고기를 먹고 어떻게 느꼈지?"

오그마는 체격이 좋은 쪽에게 물었다.

"네! 처음에는 날고기를 먹기가 힘들어서 카인이 먹는 조리된 고기를 부러워하기도 했습니다. 하지만 근육이 붙는 데에 차가 벌어지기 시작하면서 힘도 제가 더 세지길래 도중부터는 날고기를 먹을 수 있다는 기쁨이 더 강해졌습니다! 저는 평생 몬스터의 날고기만 먹을 것입니다!"

아벨은 자세를 바로 하고 또박또박 대답했다.

"카인, 너는 어땠지?"

"네! 저도 처음에는 조리된 고기가 더 먹기 쉬워서 조리된 고기라 다행이라고 생각했습니다. 그런데 똑같은 환경에서 자란 아벨과 근육에 차이가 생기기 시작하더니 힘에서도 밀려서 지금은 조바심이 납니다. 저도 빨리 날고기를 먹고 싶습니다!"

카인은 분한 얼굴을 하고 있다.

"이걸로 폐하께서 하셨던 말씀이 학술적으로 옳다는 것이 입증되었다! 확실히 이 요리는 맛있다! 하지만 패자(霸者)이신 제로스 왕께는 불필요한 음식이다!"

아니, 패자도 아니고 불필요하지도 않아.

"과연. 힘이 곧 정의인 파룬에서는 몬스터의 날고기가 최적이라는 거군."

카밀라가 낙담하고 있다.

이봐! 어째서 패배를 인정하려는 거야? 나는 아직 요리를 안 먹었다고!

제발 반론해 줘!

"하긴. 폐하께는, 아니 헌드레드에는 날고기가 어울리지."

루이다도 유감스럽다는 듯이 고개를 떨구고 있다.

잠깐. 너희 지금 나더러 평생 몬스터 고기를 생으로 먹고 살라는 거야?

나도 인간다운 식생활을 하고 싶습니다만?

어디 도와줄 사람 없을까 하고 주위를 둘러보니 일부러 도르센에서 데려온 자브로가 서글픈 듯이 중얼거리고 있었다.

"이러면 제 노력은 대체……."

이거야! 이 녀석을 이용하자!

"자브로, 수고했소. 그대의 노력을 헛되이 하는 일은 내가 용서치 않을 것이오. 그대의 요리는 파룬에 큰 도움이 될 것이오."

이렇게까지 말하는데 내가 요리를 먹는 것을 방해할 놈은 없겠지.

그렇다, 이건 파룬을 위해서이다. 그러려면 왕이 몸소 요리를 먹어 보여야만 한다.

내가 자연스럽게 접시로 손을 뻗으려는 순간, 가마라스가 외쳤다.

"과연, 그런 것이었군요, 폐하!"

그런 것이라니, 어떤 것?

"뭐가 그런 것이라는 것이오, 가마라스 경?"

크롬이 물었다.

"폐하는 자브로 경에게 몬스터 고기에 도전하게 함으로써 새로운 조리법을 확립하여 파룬의 독자적인 식문화를 탄생시킬 생각이셨던 것입니다!"

……뭔 소리여?

"새로운 식문화?"

크롬이 고개를 갸우뚱했다.

"우리 나라는 변경국이라 지금까지 특색이 될 만한 요리가 없었습니다. 그래서 투기장을 구경하러 온 타국 사람한테는 식사가 좋은 평가를 받지 못했지요. 이건 오랫동안 해결해야 할 과제였습니다.

그래서 이 요리군요! 몬스터 고기를 맛있게 만들 수 있는 조리법이라면 평범한 고기라면 더 맛있게 만들 수 있을 터. 그걸 파룬의 독자적인 요리로서 선언한다면 인기가 생길 것은 분명한 일! 폐하께서는 그것을 노리고 카밀라 님을 시켜 몬스터 고기를 개선토록 것입니다!"

아니, 그런 거 노린 적 없습니다만?

"과연, 역시 폐하. 괜한 일은 하시는 법이 없다니까요."

크롬이 납득해 버렸다.

오그마, 야마토, 카밀라까지 감탄한 표정으로 나를 보고 있다.

아닌데요? 난 그런 효과 노린 적 없다고요.

"그럼 제 요리는?"

자브로의 표정이 환해졌다.

"파룬 전역으로 퍼질 겁니다. 자브로 경은 파룬의 식문화 전도사로서 만세토록 구전될 것입니다!"

가마라스가 자브로의 손을 잡고 힘주어 대답했다.

"이럴 수가! 그건 요리사로서 최고의 행복! 이렇게 된 이상 저도 파룬에 뼈를 묻을 각오로 실력을 발휘하겠습니다!"

자브로가 손을 강하게 맞잡았다.

아니, 그런 건 됐고 나한테도 요리를 달라고.

그런 내 표정을 읽었는지 오그마가 이렇게 말했다.

"폐하. 기다리게 해서 송구합니다. 저희만 식사를 해서 얼마나 시장하셨습니까."

오, 드디어 요리를 먹게 해 주는 건가.

"제가 폐하를 위해 신선한 몬스터 고기를 준비했으니 많이 드십시오."

내 앞에 누가 봐도 독인 보라색 날고기가 턱 놓였다.

……엄청나다. 자브로가 조리한 스테이크하고는 천지 차이야. 같은 물체라고는 생각되지가 않네.

결국 나는 그 날고기를 먹었다. 기분 탓인지 시야가 흐릿해서 고기가 잘 보이지 않았다.

아무튼 그 고기가 죽을 만큼 맛없었던 것만은 기억하고 있다.

그 뒤, 자브로의 요리는 가마라스의 주도하에 파룬 전역으로 퍼져 파룬의 고기 요리로서 유명해졌다.

참고로 나는 아직 그 고기 요리를 먹어보지 못했다.

카밀라가 내 측실이 된 지 약 1년이 흘렀다.

오그마가 식사를 관리하고, 야마토가 단련시키고, 프라우가 마법을 가르쳐 카밀라는 급속도로 강해졌다.

처음에는 향수병인지 식사 자리에서도 침실에서도 툭하면 울던 카밀라였지만, 지금은 예전 모습을 많이 되찾았다.

카밀라의 종자들에 의하면, "인품이 상냥해지고 훌륭해지셨다"라고 한다. 아마 파룬의 소박한 환경이 그녀를 바꿔 놓은 것이리라.

그런 카밀라가 얼마 전 회임했다. 프라우는 이미 사내아이를 출산했으니 둘째가 된다.

헌드레드에서도 변화가 일어나고 있다.

기사와 전사들뿐만 아니라 마도사도 헌드레드에 들어오게 된 것이다. 또 남자뿐만 아니라 여성도 들어오게 되었다.

투기장에서 벌어진 프라우와 카밀라의 대결을 보고 마도사도 기사들과 싸울 수 있다고 생각한 자들이 참가를 희망하고 있는 듯하다. 동시에 프라우나 카밀라처럼 강해지고 싶은 여성들이 헌드레드에 들어오기 시작했다.

오그마에 의하면, 헌드레드가 추구하는 것은 힘이라 마법사든 여자든 강하기만 하다면 거절하지 않는다고 한다.

뭐, 거기까지는 좋지만 골치 아픈 일도 생겼다.

강한 여자는 왕비 자리에 도전하거나 내 아내가 될 수 있다는 소문이 퍼지고 있는 모양이다.

이것도 프라우와 카밀라가 대결한 이야기가 퍼진 결과

인데, 딱히 나는 강한 여자를 좋아하는 게 아니다.

결과적으로 왕비가 '뇌제', 측실이 '광란의 황녀'가 되었을 뿐이다.

……곰곰이 생각해 보니, 왜 비가 둘 다 별명이 있는 거지?

어쨌든 오우거처럼 근육이 울끈불끈한 여자가 아내를 자처하면 큰일이라 그 소문은 당장 없애버리라고 지시를 내리려고 했다.

그러나 생각지도 못한 곳에서 반대 의견이 나왔다.

프라우와 카밀라다.

"아내는 늘려야 돼."

프라우는 평소의 그 무표정으로 말하니 무슨 생각을 하는지 알 수 없다.

"언니 말씀대로 모름지기 왕이라면 아내를 더 늘려야 합니다."

왠지 카밀라도 프라우에게 동조하고 있다.

"아니, 난 프라우를 사랑해. 카밀라도 그렇고. 그러니 이 이상 아내를 늘릴 마음은 없어. 만일 나한테 부족한 점이 있다면 말해 주기를. 최대한의 사랑으로 그대들을 대하지."

"더 이상의 사랑은 필요 없어요!"

내 진심을 담은 말을 카밀라는 차갑게 거절했다. 너무 하다.

"언니도 저도 사랑보다는 다른 아내를 원해요. 적어도 3명은 더 늘려 주세요."

"왜 그렇게 많이……."

"전 임신 중이고 언니는 육아 중이에요. 폐하를 상대해 드릴 수 없다고요."

카밀라가 잘라 말했다.

비의 수는 당연히 적을수록 좋다. 돈도 들고 훗날 다툼의 불씨도 된다.

그렇게 생각하고 다른 사람들한테도 의견을 들어보았다.

가마라스는 프라우와 카밀라로부터 이야기를 들었는지,

"왕비님들도 의무를 다하시기 힘든 것 같으니 분담시키는 것도 좋지 않을까 합니다만……."

석연치 않은 말투로 그녀들의 주장을 긍정했다.

왕비의 의무가 뭔데? 뭐 했었나?

헌드레드 녀석들에게 물어봤더니,

"늘리는 것이 좋을 듯하옵니다."

라고 입을 모아 말했다.

이유는 "전력 강화로 이어지니까"라나.

그런 연유로 내 새 비 후보 선발전이 투기장에서 열리게 되었다.

X ✦ 비의 조건

《오라, 파룬의 새로운 비!

신분, 전력, 전과 불문!

예의범절 불필요, 금전은 일절 필요 없음!

필요한 것은 오로지 힘!

파룬의 왕이 당신의 응모를 기다린다!》

이것은 국내외에 배포된 비 후보 선발전의 내용이다.

……용병부대의 모집으로밖에 보이지 않는다만?

대체 나는 무엇과 결혼하게 되는 걸까?

정실은 아닐지언정 일국의 비이니 전과 정도는 물어야

할 것이다.

적어도 연령 제한이나 용모 제한은 넣어 주면 좋겠다.

어떤 여성들이 모일지 너무나도 불안하다.

썩 내키지는 않았지만 이왕이면 당연히 귀여운 여성이

좋다.

'뇌제' '광란의 황녀'에다가 이보다 더한 여자가 온다면

이 나라의 미래는 어떻게 되겠는가?

그런 나의 불안은 아랑곳하지 않고 모집으로부터 몇 달

이 지난 어느 날, 가마라스로부터 보고가 왔다.

"폐하, 국내외에서 순조롭게 비 후보자가 모이고 있습니다. 하여 《비 후보 선발전》이라는 타이틀로 무투회를 개최코자 하오니 윤허해 주시옵소서."

"무도회?"

"무투회($무도회와 무투회는 일본어로 발음이 같다.)이옵니다."

오호, 퍽 우아한 방법으로 선발할 모양이군. 가마라스도 조금은 생각하는 바가 있었나 보지. 역시 비 후보 정도면 귀족적인 소양도 필요하다는 인식에 이른 것이 틀림없다.

"물론 이의는 없지. 그런 대회로 선발하는 것은 괜찮은 방법이군."

"황공하옵니다. 선발전 장소로는 투기장을 예정하고 있습니다."

투기장? 춤을 선보이는 데 장소가 투기장이라니?

뭐, 이 성도 그리 넓지는 않고, 새 비 후보를 민중에게 선보이는 자리로서도 투기장이 더 적당한가?

"좋아. 그럼 투기장에서 선발전을 열도록."

"알겠습니다. 그럼 준비하도록 하겠사옵니다."

이리하여 가마라스가 준비를 착착 마치고 비 후보 선발전 당일을 맞이했다.

나와 프라우, 카밀라는 귀빈석에서 관람하기로 했다. 그 밖에도 가마라스, 오그마, 야마토와 같은 신하들이 옆에 앉아 있다.

"화이팅 넘치는 녀석이 있으면 좋겠네요, 언니."

카밀라가 신이 잔뜩 나서 프라우에게 말했다. 카밀라의 배는 점점 불러오고 있지만 펑퍼짐한 옷을 입고 있어서 그다지 눈에 띄지 않는다.

"기대돼."

프라우는 아직 1살도 되지 않은 아들 아서를 어르고 있었다.

……공중에 띄우고서.

임신 기간에 대한 재활도 겸해서 프라우는 아이에게 부유 마법을 걸고 있다.

왠지 무서우니까 그만뒀으면 좋겠지만 당사자인 아서가 까ꍍ 좋아하니 어쩔 수 없이 묵인하고 있었다.

아서의 주위에는 마법 결계가 몇 겹씩 쳐져 있어서 안전성은 높아 보인다.

"가마라스, 비 후보로 어떤 자들이 있지?"

나는 비 후보에 대해 자세한 보고를 듣지 못했다.

"네. 폐하의 새로운 비로서 대륙 각지에서 가려낸 인재들이 모여 있습니다."

가려낸…… 설마 절세 미녀가 오나? 모집 내용이 그 모양이었지만 일국의 비를 뽑는 것이니 여성들의 레벨은 높을지도 모른다.

"마침 입장했군요. 저쪽을 보십시오."

가마라스가 가리킨 투기장 입구에서 십수 명의 여성이 들어왔다.

거의 전원 완전무장이다.

무도회인데 왜 무장을 한 거지?

"선두에 있는 것이 카스판 산지에서 새벽의 도적단을 이끌고 있던 미네르바입니다. 스카페이스라는 이름으로 알려져 있는데, 각국의 토벌군과도 싸웠을 정도로 실력은 확실합니다."

선두를 당당하게 걷고 있는 것은 얼굴에 커다란 흉터가 있는 덩치 큰 여자였다.

길고 붉은 머리에, 표정에는 기분 나쁜 미소를 띠고 있다. 미인이라면 미인이지만 한눈에도 사악한 얼굴을 하고 있다.

"도적단? 그거 괜찮은 거야?"

"현상금으로 금화 천 닢이 걸려 있으니 강하다는 의미에서는 의심할 여지가 없습니다. 본인은 '왕국을 훔치러 왔다'고 큰소리치고 있다니 멘탈도 강하고, 괜찮을 겁니다."

뭐가 어떻게 괜찮다는 뜻이냐? 금화 천 닢이라니, 그런 여자랑 결혼했다간 현상금을 노리고 성에 모험가들이 쇄도하는 거 아니냐? 왕국을 훔치러 왔다니, 그냥 위험인물이잖아.

"그 밖에는, 등에 검 두 자루를 매고 있는 것이 쌍검 실라라고 불리는 S랭크 모험가입니다. 이번 우승후보로 예상되어 제일 인기가 많습니다."

미네르바의 뒤에 그래 보이는 여자가 있었다. 일반적으로 모험가 랭크는 A랭크가 최고로 여겨지지만, S랭크는 그것을 능가하는 모험가의 정점에 있는 자들에게 부여되는 특별 랭크로 그 수는 얼마 안 된다.

그건 그렇고, 실라가 미네르바를 잡아먹을 듯이 보고 있는데? 저거 모험가로서 현상금을 노리고 있는 거 아니야?

"잠깐, 제일 인기라는 게 무슨 뜻이지?"

"네. 제일 인기 있다는 건 판돈을 말합니다. 이번에는 시합 별 내기하고는 별개로 누가 우승하느냐를 놓고도 걸 수 있도록 되어 있습니다. 폐하 덕분에 이번에도 성황리에 개최되어 이미 상당한 액수가 움직이고 있습니다. 이로써 또 국고가 윤택해지겠군요."

가마라스는 기쁜 듯이 말했다.

시합? 우승? 내기의 대상이라고?

"무도회 맞지?"

"무투회입니다만?"

어? 혹시 다른 글자였어?

잠깐, 세상 어디에 비 후보끼리 대결시켜서 결혼 상대를 정하는 나라가 있다는 거야?

이 나라는 미개척지의 야만족인가? 이러니 도르센 왕한테 상식이 없다는 소리나 듣지.

"그 밖에는 염호용병단의 두목 레이아, 솜씨 좋은 어쌔신으로 이름난 샤리 등이 유명합니다."

가마라스는 비 후보자의 이름을 두 개 더 들었다. 용병과 어쌔신이요? 모집 내용이 그 모양이니 당연히 그런 자들이 모여들겠지.

"폐하."

오그마가 말했다.

"이번에는 헌드레드에서도 대표를 한 명 선발해서 보내왔습니다. 폐하께서도 아실 겁니다, 카렌이라고."

　그렇게 말하고 오그마가 가리킨 곳에는 아는 얼굴이 있었다. 16살 때부터 헌드레드에 들어와 요즘 부쩍 두각을 드러내고 있는 카렌이다. 하위긴 해도 이미 랭커 진입에도 성공했다.

　카렌과 내가 안 지는 의외로 오래되었다. 카렌이 아직 어렸을 때, 마수의 숲에서 길을 잃고 헤매다가 몬스터에게 습격당하고 있는 것을 내가 보호해 준 것이다.

　카렌의 집은 가난해서 먹을 것을 찾으러 숲에 들어왔다고 했다. 내 처지와 비슷해서 딱한 생각이 들길래 나무 열매며 과실을 따서 주었다.

　실은 그 숲의 나무 열매나 과실이 과연 먹어도 되는 건지 걱정이었지만, 나나 헌드레드 멤버들은 독에 내성이 있어서 판단이 서지 않았던 것이다.

　그것을 카렌이 먹어준 덕분에 먹어도 된다는 것이 판명되었다. 덕분에 숲을 개척할 때 그 지식이 도움이 되었다.

　그 이래로 카렌은 나를 잘 따랐다. "오빠"라는 호칭이 썩 나쁘지 않았지만, 국왕이 되고 나서는 "마르스 님"이라고 부르게 되었다.

왠지 그 후 카렌은 헌드레드에 들어와 지금에 이른 것이다.

"카렌은 평소 폐하와 싸워 보고 싶어 했었는데 이 기회를 놓칠까보냐 하고 참가를 희망했다고 합니다."

어째서 나와 싸우고 싶어서 결혼 상대에 입후보하는 거냐? 부부 싸움이라도 하게?

자꾸만 드는 엉뚱한 상상에 머리를 싸매고 있는데 후보자 가운데 한 여성의 모습이 눈에 들어왔다.

희고 밋밋한 심플한 가면을 쓴 붉은 머리의 여성이다. 어깨에 작고 하얀 도마뱀 같은 동물을 얹고 있다.

그 모습을 본 순간, 등골이 오싹해졌다.

"저 가면 쓴 여자는 누구지?"

가마라스에게 물었다.

"가면 쓴 여성 말입니까? 카산드라라고만 밝혔는데, 특별히 이렇다 할 정보는 없습니다만……."

사부님이잖아! 10년간 소문도 없이 소식이 끊겼었는데 어째서 이런 곳에 모습을 드러낸 거지?

오랫동안 세상에서 자취를 감추고 있어서 가마라스도 설마 저 여자가 검성이라고는 생각지 못하는 모양이다.

가면을 쓴 여자가 나를 발견하고 가볍게 손을 들었다.

……아, 역시 사부님이다. 틀림없어.

나도 하는 수 없이 손을 든다.

"폐하, 아는 사람입니까?"

가마라스가 놀란 얼굴로 나를 보았다.

"가마라스, 우승자를 정하는 내기 말인데, 나는 저 가면 여자한테 전 재산을 걸겠어."

투기장에 모인 비 후보자들은 거의 모두가 험악한 분위기를 풍기고 있었다.

"그럼 이제부터 비 후보자 선발전을 개최하겠……."

"잠깐."

한 목소리가 선발전의 개시를 알리는 안내방송을 저지했다. 미네르바다.

"일단 비는 돼 준다 치고, 그다음에 왕비 자리에도 도전할 수 있는 건가? 작년 '광란의 황녀'의 시합처럼 말이야. 난 누구 밑에 있는 거 싫어하거든. 그걸 분명히 해 줬으면 좋겠는데."

과연 도적. 겸손이라곤 눈곱만큼도 없는 발언으로 장내 분위기를 싸하게 만들었다. 그러나 다른 참가자들도 같은 생각인지 특별히 말리는 기색도 없다. 헌드레드에 소속된 카렌만이 안절부절못하고 있다.

"기세가 넘치는 건 좋지만, 장소는 가려가면서 까불어

야죠."

카밀라가 자리에서 일어났다.

"비가 될 거니까 먼저 폐하께 무릎 꿇는 것부터 시작하세요."

너도 무릎 꿇은 적 없잖아, 라는 내 마음의 소리는 닿지 않았다. 카밀라의 푸른 눈동자가 붉은색으로 바뀌었다.

중력의 마안. 그러나 그 위력은 1년 전과 비할 바가 아니다. 마력, 신체 능력과 동시에 마안의 위력도 올라갔다.

그 눈을 본 후보자들이 차례차례 무릎을 꺾었다. 미네르바, 실라와 같은 우승 후보들은 가까스로 버티고 있지만 퍽 괴로워 보인다.

스승님은 재미있다는 듯이 카밀라를 쳐다보고 있었다. 물론 아무렇지도 않다.

"……꽤 하는군요? 좋아요. 지금 서 있는 사람만 시합하도록 하세요. 나머지는 실격이에요. 이 정도 힘에 굴해서는 폐하를 상대할 수 없어요. 왕비가 되고 싶다면 먼저 우승하고, 그런 다음 나한테 도전하세요. 당신들은 언니를 상대하기엔 너무 이르니까."

카밀라의 말에 미네르바조차도 뭐라고 대꾸하지 못했다. 지금의 마안으로 실력 차를 뼈저리게 느낀 모양이다.

비 후보는 30명 정도 되었지만, 지금 서 있는 사람은 8명.

미네르바, 실라, 레이아, 샤리, 카렌, 그리고 스승님은 당연히 남았다.

가마라스는 대회를 운영하는 스태프를 불러 카밀라 때문에 대폭 바뀐 대회 내용을 수정했다. 임기응변은 참 잘한단 말이야.

얼마 뒤, 장내에 안내방송이 흘렀다.

"……그럼 지금 남은 8명의 후보자로 토너먼트 형식에 의한 무투회를 개최하겠습니다. 먼저 추첨으로 상대를 정한 후, 휴식 시간을 갖고 오후부터 시합을 개시하겠습니다."

판돈이니 뭐니로 운영도 바쁜 모양이다. 잠시 쉬었다가 시합을 개시하기로 했다.

후보자들의 제비뽑기로 토너먼트 표가 작성되어 간다.

솔직히 누구와 누가 붙느냐에는 흥미가 없다. 어차피 이길 사람은 정해져 있으니까.

사부님도 제비를 뽑고는 토너먼트 표는 확인도 하지 않고 대회장을 뒤로했다.

나도 "잠깐 자리를 비울게"라고 말하고 귀빈석을 떠났다.

"역시 여기 계셨군요."

성 뒤편 마수의 숲에서 나는 사부님의 모습을 발견했다. 늘 사부님과 만나던 장소다.

솔직히 투기장에서 꽤 거리가 있지만 사부님이나 나한

테는 별거 아니다.

"성장했군, 마르스."

사부님이 가면을 벗었다. 그 얼굴은 10년 전과 똑같다.

……너무 안 변한 거 아닌가?

"사부님, 저기, 나이를 하나도 안 먹은 것 같네요?"

"응? 아, 10년 정도 얼어 있었거든. 육체적으로는 변하지 않았을 거야."

사부님은 대수롭지 않게 대답했다.

"10년을 얼어 있었다고요? 어쩌다가요?"

"이 나라를 떠난 후, 북쪽으로 갔어. 멀리 북쪽 섬에 있다는 백룡을 쓰러뜨리러."

북쪽의 백룡. 신들의 시대부터 살았다고 전해지며, 옛날 이야기에도 등장하는 존재다. 거의 신과 동일시되며, 만물을 얼려 버리는 브레스를 토한다고 일컬어진다.

"아니, 그래서 얼었다는 건 졌다는 거예요?"

"아니 이겼는데? 사흘 밤낮을 싸워서 내가 이겼어. 단, 백룡 그놈이 쓰러지기 직전에 강력한 동결 주문을 날렸어. 그래서 얼어 있었지."

'그래서 10년을 얼어 있었으면 이겼다고 할 수 없는 거 아닌가?'

라고 생각했지만 심기를 건드릴까 봐 입 밖으로는 내지 않았다.

"그럼 북쪽의 백룡은 죽은 거예요?"

북쪽의 백룡은 딱히 사악한 존재가 아니다. 굳이 따지자면 선에 가깝다고 여겨지는 존재다. 그런 존재를 쓰러뜨려도 되나?

"아니 살아 있어. 내 어깨에 타고 있어."

사부님의 어깨에 올라탄 하얀 도마뱀이 삑 울었다.

"⋯⋯이게 백룡이에요?"

"그래. 내가 얼어 있는 동안 전생했나 봐. 내가 부활했을 때는 유체가 되어 있었어. 몸이 커지기 전에 어디든 가고 싶다면서 나를 따라오더라고."

"부활이라니, 그거 어떻게 하는 건데요?"

보통 얼음 속에 들어가 있으면 그대로 죽지 않나.

"응? 10년 동안 계속 기합을 넣고 있었을 뿐인데?"

그런 재주를 부릴 수 있는 사람은 이 사람뿐일 것이다. 얼어 죽은 사람들한테 사과하면 좋겠다.

"그 도마뱀은 의사소통이 가능한 거예요?"

"가능하지. 말도 할 수 있는걸."

'잘 부탁해.'

내 머리에 직접 목소리 같은 것이 닿았다. 어설픈 발음이다. 이것이 백룡의 대화인가.

"아, 알겠어요. 그런데 이번에는 무슨 일로 파룬에 오신 거예요?"

"음. 그 짜증 나는 얼음을 녹이는 데 10년이 걸렸는데, 그 사이에 나도 여러 가지로 변했어. 처음에는 다음번엔 뭘 쓰러뜨릴까 생각했지. 신으로 할까 마왕으로 할까 하고 말이야."

그런 걸 쓰러뜨렸다간 세계적으로 민폐를 끼칠 것 같으니 그만두면 좋겠다.

"그런데 얼어 있는 시간이 길어서 점차 더 앞날을 생각하게 됐지. 나도 계속 젊지는 않을 텐데 싸움만 하고 살 수는 없지 않나 해서."

오, 10년의 세월이 이 전투광에게 인간의 마음을 되돌려 준 건가.

"그러다가 아이를 만들어야겠다는 생각이 들었지. 기왕 여자로 태어났으니 최강의 아이를 길러보고 싶어서."

교육방침이 최악이다. 인간의 마음은 처음부터 없었던 듯하다.

"……아이요? 누구랑 아이를 만들게요? 드래곤? 마신?"

이 사람을 잘 따를 만한 아이를 만들 수 있는 것은 그 정도일 것이다.

"너 나를 뭐라고 생각하는 거야? 난 이래 봬도 미인으로 유명했다고."

확실히 사부님은 미인이라고 할 수 있다. 성격적으로는 문제가 많지만.

"네? 그럼 남자하고 사귄 적도 있어요?"

"없어. 나보다 약한 남자하고는 사귀고 싶지 않아서."

"그 조건이면 사부님이 인간하고 사귀는 건 불가능하지

않을까요?"

검성이라는 칭호는 최강의 인간에게 주어진다. 그걸 이길 수 있는 상대가 존재할 리 없다.

"음. 이번에는 그 부분을 타협하기로 했어. 그래서 여러모로 생각했지. 누가 좋을까 하고. 그러다 생각난 게 네 얼굴이었어."

"저요?!"

"그래. 넌 재능이 있었으니까. 10년이나 지났으니 강해졌을 거라고 생각했지. 나이도 딱 적당해졌을 것 같고 말이야."

그렇게 말하더니 사부님은 내 몸을 물끄러미 쳐다보았다.

"시킨대로 몬스터 고기는 매일 먹고 있는 것 같군. 액세서리도 성실하게 차고 있는 것 같고, 훈련도 빼놓지 않고 하고 있는 것 같아. 그렇다면 문제없어."

수행을 게을리한 것처럼 보이지는 않는 모양이다. 다행이다, 안 죽어도 돼서. 하지만 결혼은 하고 싶지 않다. 뭐가 아쉬워서 그 지옥 같은 수행을 시킨 상대와 결혼해야 한단 말인가. 고행이 생생히 떠올라서 사랑할 자신이 전혀 없었다.

"사부님, 세상은 넓으니까 사부님한테 어울리는 상대는 얼마든지 있지 않을까요?"

"그게 무슨 소리야, 딱 좋잖아. 너도 새 비를 찾고 있었잖아? 거기다 '필요한 것은 오로지 힘'이라며? 내가 딱이잖아."

……그렇네요. 딱이네요.

나는 사부님과 헤어져 투기장으로 돌아왔다.

그러나 가신들이 기다리고 있는 귀빈석으로 굳이 돌아가는 짓은 하지 않는다.

자연스럽게 자리를 벗어났는데, 이것은 천재일우의 기회인 것이다.

그 녀석들하고 같이 있으면 암만 해봐야 몬스터 고기밖에 못 먹는다.

투기장 주변에는 노점이 많다. 자브로가 만든 고기 요리도 당연히 팔고 있다. 각 방면에서 "이런 맛있는 고기 요리는 처음 먹어봐!"라고 대호평 중이다. 왕인 내 입에는 한 조각도 들어오지 않는데.

그러나 오늘로써 그것도 끝. 노점에서 사 먹으면 된다. 간단하다.

평소에는 가신들에게 둘러싸여 맘대로 움직이지도 못하지만 지금이라면 그럴 수 있다.

나는 노점으로 달려갔다. 돈이라면 얼마든지 갖고 왔다. 준비는 완벽하다.

금화를 꼭 쥐고 꿈에서조차 본 먹음직스러운 고기의 맛을 상상하자 입안 가득 침이 고였다.

투기장 주위에 늘어선 알록달록한 천막을 늘어뜨린 노점들이 고소한 고기 냄새와 매콤달콤한 소스 냄새를 풍기고 있다. 이 유혹에 저항할 수 있는 사람은 없을 것이다. 오후부터 열리는 시합을 앞두고 모든 가게가 북적거리고 있다.

그러나 내가 노점 가까이 가니 소동이 벌어지고 있었다.

어느 노점의 여점원을 대여섯 명이 에워싼 상태. 용병과 노상강도의 중간 정도 되는 더러운 차림에 딱 봐도 불량스럽다.

"값은 정확히 치르셔야죠!"

노점의 여점원이 용감하게도 불량배들에게 호소하고 있었다.

"우리도 다 알아. 파룬이란 나라는 힘만 있으면 무슨 짓을 해도 괜찮잖아? 고기 한두 장 먹은 거 가지고 호들갑 떨지 마. 제로스 왕은 힘으로 나라를 훔쳤잖아? 거기에 비하면 그게 뭐 대수라고."

리더 격인 남자가 조롱하듯 말했다. 조금 마르고 교활한 눈을 하고 있는 것이 어딘지 여우를 연상케 하는 외모다. 더러운 갑옷에 허리춤에는 휘어진 검을 차고 있었다.

이 무슨 지독한 뜬소문인가. 파룬을 수라국하고 착각하고 있는 거 아니냐?

여긴 엄연한 법치국가라고.

"폐하는 나라를 훔칠 만큼 강하니까 용서돼요! 좀도둑질이나 할 실력으론 파룬에서는 용서 못 받아요!"

여점원이 받아쳤다.

……아니, 그건 아니잖아? 강하면 용서된다는 발상 자체
를 부정해 줘. 강하면 장땡인 건 아니잖아?

"그럼 문제없군. 우리 두목은 파룬의 비가 될 거야. 그러
면 우리도 제로스 왕의 부하가 되는 거지. 알아들어?"

아, 미네르바의 수하군. '새벽의 도적단'이랬나? 그래서
불량스러웠던 거군. 도적단이 별 수 있겠어? 귀찮으니까
상관하지 않고 고기나 먹고 싶지만, 만일 내 얼굴을 알고
있는 사람이 목격하고 있다면,

"폐하가 백성을 버리고 고기를 먹고 있었다!"

라고 말하겠지. 그러면 오그마들에게도 고기를 사 먹었
다는 사실을 들키게 될 테니까 그냥 도와주자.

"돈은 제대로 내야지."

나는 새벽의 도적단 놈들에게 다가가서 상냥하게 말했다.

다짜고짜 폭력을 휘둘러선 안 된다. 파룬은 질서 있는
나라다.

참고로 나는 기동성을 중시해서 별로 화려한 옷은 입고
있지 않지만 옷차림은 번듯하다.

"넌 뭐야?"

여우처럼 생긴 남자가 나한테 시비를 걸었다. 내 얼굴을
모르다니 역시 이방인이군.

"그쪽이 얘기하던 제로스인데."

나는 곧바로 왕의 신분을 밝혔다. 이런 거 해 보고 싶었다고.

실은…… 하며 사실을 밝히면 사람들이 잔뜩 겁을 집어먹고, 나는 "하하하!" 하는 그런 거.

"제로스 왕이라고?"

여우 남자가 코웃음쳤다.

"너 같은 귀족 도련님 같은 놈이 제로스 왕일 리 없잖아? 제로스 왕은 말이야, 몬스터 고기를 먹고 피를 빨아먹는 남자라고. 악마의 얼굴에 귀신의 몸을 가졌다 이 말씀이야. 이름을 사칭하고 싶으면 거울 보고 다시 와!"

악마의 얼굴에 귀신의 몸이라니, 인간다운 구석이 하나도 없습니다만?

"맞아요."

여점원도 걱정스러운 표정을 하고 있다.

"제로스 왕은 저주받은 장비를 걸치고 있어서 시커먼 갑옷도 벗지 못하고, 늘 피가 고파서 싸울 상대를 찾아다니는 분이라고요. 절 도와주시려는 건 고마운데, 제로스 왕의 이름을 사칭하면 헌드레드 사람들한테 죽어요."

아무래도 일반 시민도 내 얼굴을 인식하지 못하고 검은 갑옷=자기 나라 왕이라고 생각하는 모양이다. 본체가 검은 갑옷인 거냐.

그야 뭐 투기장에서는 늘 검은 갑옷을 입고 있고, 얼굴도 투구로 가려져 있으니까 모르는 것도 어쩔 수 없을지 모르지만.

다음에 내 얼굴이 각인된 금화라도 발행해야겠다.

"진짠데. 어쨌든 돈을 지불해. 파룬은 법치국가야. 힘으로 해결하는 나라가 아니야."

"흥! 제로스의 이름을 사칭하는 놈의 말을 들을 것 같냐? 네가 진짜 제로스라면 힘을 보여봐!"

옳소 옳소, 하고 다른 새벽의 도적단 놈들도 비열하게 웃으면서 야유를 날렸다.

"아, 그러니까 폭력은 좋지 않다니까. 인간이니까 말이 통할 거 아니야. 여우스러운 건 얼굴이면 충분하잖아."

"뭐? 여우?"

친밀감을 담아 '여우스러운'이라고 한 건데, 아무래도 마음에 들지 않은 모양이다.

이마에 핏대가 선다.

"형님한테 여우라고 했어."

"그 단어만은 금기인데."

똘마니들이 웅성거린다.

"그렇게 닮아 놓고 금기는 좀 아니지 않아? 오히려 일부러 닮게 하고 있다고 생각하던 참인데?"

"넌 죽었다!"

여우가 허리춤에서 휘어진 검을 뽑았다. 시미터라고 불리는 검이다. 도적이 즐겨 쓰는 무기로, 갑옷을 입은 상대에게는 소용없지만 다루기 쉽다고 한다.

"꺅!"

여점원이 비명을 질렀다. 어느새 모여들었던 구경꾼들이 뒤로 물러났다.

이렇게 많은 사람이 모였는데 아무도 왕의 얼굴을 모르는 나라라니 대체……

"잠깐, 말로 하자고. 무기를 내려놔, 여우. 폭력은 좋지 않아."

나는 필사적으로 설득을 시도했다. 힘을 쓰는 것은 쉬운 일이다. 그러나 나는 왕이다. 국민의 모범이 되어야 한다. 그래서 멋있게 말로 상대를 설득하고 싶은 것이다.

"여우라고 하지 말라니까!"

설득한 보람도 없이 여우가 덤벼들었다. 꽤 빠르다. 나름 경험이 많은 것 같다.

그 일격을 오른손의 검지와 중지로 잡아서 멈췄다. 이거 멋있는데.

"뭐야!"

경악하는 여우. 나는 그대로 손가락 끝에 힘을 주었다.

뚝하는 건조한 소리를 내면서 부러진 시미터의 칼끝이 천천히 지면으로 떨어졌다.

"너 뭐 하는 놈이야?! 지금 뭘 한 거야?!"

응? 지금 이 멋진 기술을 보고도 아무 생각이 없어? 상당한 실력 차가 아니면 못 하는 기술이다 이거?

빨리 땅바닥을 설설 기며 사과하지 못할까?

"어이, 너희도 와서 해치워!"

여우의 말에 다른 5명의 새벽의 도적단이 달려들었다. 무기는 시미터, 검, 도끼 제각각이다.

"잠깐, 말로 하자니까!"

맨 앞에서 시미터를 들고 달려드는 놈을 멈추려고 가슴에 손을 툭 건드렸는데 저만치 나가떨어졌다.

"폭력은 그만둬!"

다음 놈은 도끼로 달려들길래 그 도끼를 발로 차버렸더니 상대의 팔이 이상한 방향으로 휘어 버렸다. 남자가 비명을 지르면서 나뒹군다.

"싸움으로는 아무것도 해결되지 않아!"

세 번째 놈은 등 뒤에서 칼을 휘두르고 들길래 상대의 팔을 잡고 던졌더니 바닥에 박혀 버렸다. 피는 좀 토하고 있지만 살아 있을 거다.

"바로 힘에 의지하는 건 야만인이나 하는 짓이라고."

네 번째 놈은 좀 겁을 먹었길래 어깨를 잡고 설득을 시도했지만 힘 조절에 실패해서 어깨뼈를 부러뜨리고 말았다. 남자는 호들갑스럽게 아파했는데, 단련이 조금 부족한 것 같다.

"말 좀 들어!"

등을 보인 다섯 번째의 투구를 뒤에서 붙잡았는데 투구가 부서져서 상대의 머리를 직접적으로 잡은 꼴이 되고 말았다. 어딘가에 금이 간 듯한 불쾌한 감촉이 느껴져 황급히 손을 떼었지만 그는 그대로 쓰러져 버렸다.

흐음, 기껏 대화로 풀려고 했는데 잘 되지 않았다. 하는 수 없이 주저앉아서 벌벌 떨고 있는 여우를 설득하기로 했다.

"이봐, 폭력은 그만두라고 했잖아."

"네……."

그의 목소리는 가냘픈 아가씨 같았다.

"왜 바로 힘에 의지하려 드는 거야? 너 입 달렸잖아? 폭력으론 아무것도 해결하지 못한다고."

여우는 머리를 연신 위아래로 움직였다.

겨우 내 말을 이해해 준 모양이다. 역시 대화가 중요하다.

"제대로 값을 지불할 마음이 생겼어?"

여우는 눈물을 줄줄 흘리면서 고개를 크게 끄덕였다. 음, 하나 해결했군.

"제로스 왕."

어느새 보니 주위 사람들이 모두 무릎을 꿇고 있었다.

"그 무자비한 폭력. 늘 투기장에서 보던 모습 그대로이십니다. 당신이 제로스 왕이라는 건 충분히 알았습니다."

여자 점원이 공손하게 말했다. 이해한 이유가 뭔가 석연치 않다.

"아, 그렇게 어려워할 거 없어."

그렇다, 나는 왕의 신분을 과시하려고 여기 온 게 아니다.

"배가 좀 고파서 말이야. 뭐 좀 사 먹으러 나왔어. 물론 돈은 낼 거야."

이 스마트한 말투. 민중들의 호감도가 쑥 올라가지 않았을까?

그러나 밀집한 민중들은 하나같이 얼굴이 굳어 있었다.

"당치 않으십니다, 폐하! 이곳엔 폐하께 내드릴 만한 음식은 하나도 없습니다. 죄송합니다!"

그렇게 말하고 여점원이 땅바닥에 머리를 조아렸다.

"응? 어째서?"

"제로스 왕께서 몬스터 고기를 드시고, 몬스터의 피를 마시고 사신다는 것은 파룬의 상식. 그러나 이곳엔 평범한 고기밖에 없어서 드릴 수가 없습니다!"

그게 무슨 상식인데! 그런 생활을 하는 놈이…… 아, 늘 그런 식생활을 했었지 참.

"게다가 제로스 왕에게 평범한 고기를 드시게 했다는 것이 알려지면 헌드레드 사람들이 격노할 것이 뻔합니다. 그 사람들은 평소에도 '제로스 왕은 몬스터의 날고기밖에 안 먹어. 태어나서부터 줄곧!'이라고 자랑하고 다닙니다. 그런데도 저희가 평범한 고기를 드시게 한다면 그 사람들이 가만두지 않을 겁니다!"

무슨 얼어죽을 태어나서부터 줄곧이냐!

하지만 생각해 보면 오그마 일행은 아무렇지도 않게 가게에 화풀이할 것도 같다. 기본적으로 양아치니까. 그러면 아닌 게 아니라 가게에 미안해진다.

"그래, 알았어. 무리한 부탁을 해서 미안."

나는 그렇게 말하고 재빨리 그 자리를 뒤로했다.

손에 쥔 금화의 감촉이 공허하다. 그 고기 먹고 싶었는데.

어쩌면 좋은가. 이 나라에 있는 한, 나는 평범한 요리를 먹을 수 없는 모양이다.

XI ◆ 비 후보 선발전

대회 개시 시각이 다가왔으므로 나는 귀빈석으로 돌아 갔다.

토너먼트 표가 이미 여기저기 붙어 있었다. 아까 트러블 을 일으켰던 새벽의 도적단의 두목인 미네르바와 사부님 의 이름도 있다.

사무님이 결혼 상대가 되는 건 죽어도 싫다. 내 스승이기 도 하고 10살쯤 연상이었던 사람이기도 해서 영 어색하다.

다른 7명의 참가자 중 사부님을 이길 인재는 없을까?

······아니지, 검성을 이길 만한 괴물이 파룬 왕가에 들어 온다면 그건 그것대로 문제가 있지.

유일한 희망은 사부님이 쓰고 있는 하얀 가면이다. 저주 받은 가면으로, 쓰는 순간 시각을 완전히 차단한다고 한다.

사부님은 그것을 단련을 위해 장착하고 있는 것이다. 기 척만으로 적을 감지하게 된다고 했지만, 도대체 뭣 때문에 그런 고행을 자처하는지 영 모를 일이다. 눈으로 보면 되 잖아.

군이 그 하얀 가면을 택한 것은 저주 때문에 간단히 벗 을 수 없기 때문이라고 한다. 저주를 옵션 같은 거랑 착각 하고 있는 거 아니야? 결국 스승님 자신에게 저주에 대한 내성이 생겨서 쉽게 벗을 수 있게 되었다고 하지만.

또 사부님한테는 무기를 쓰지 말아 달라고 부탁해 두었다.

"사부님이 검을 휘둘렀다간 상대가 죽어 버리니까 맨손으로 싸우세요."

그렇게 말했더니,

"아하, 알았어."

라고 간단히 승낙해 주었다.

이로써 시각을 잃고 무기가 없는 상태가 되었으니 대전 상대한테도 승산이 있게 되었다.

이제 다른 비 후보들의 건투를 빌 뿐.

내가 자리로 돌아오자 가마라스가 물었다.

"폐하, 이번에는 폐하도 내기에 참가하시겠습니까?"

"음. 카산드라한테 최대한 전액을 걸게."

기도와 현실은 별개다.

마침내 비 후보 선발전이라는 이름의 무투회가 시작되었다.

파룬의 새로운 비를 정하는 싸움이라 이번에도 관객석은 초만원이다.

……왕가에 들일 여성을 이런 식으로 정하는 데에 국민들이 아무런 의문도 갖고 있지 않다는 점이 무섭다.

1회전은 미네르바 대 레이아.

　도적단의 우두머리와 용병단 두목이라는 기 센 여자들의 싸움이다.

　미네르바는 창처럼 기다란 전투 도끼가 특기이고, 레이아는 무난하게 방패와 검을 들고 있었다. 개인적으로는 얼굴에 흉터가 있고 덩치가 큰 미네르바보다 짧은 단발머리에 예쁘장한 남장여자처럼 생긴 레이아가 이겼으면 좋겠다. 단순히 외모 이야기지만.

　시합은 미네르바가 전투 도끼를 채찍처럼 휘두르면 레이아가 그것을 막으면서 상대의 틈을 엿보는 식으로 전개되었다.

　둘 다 싸움이 능숙하다. 그룹을 통솔하는 만큼 실력도 뛰어나서, 헌드레드라면 50위 전후의 힘은 되는 듯하다.

　싸움은 교착상태에 빠지고, 미네르바가 지쳐서 전투 도끼를 크게 휘두르는 틈에 레이아가 재빨리 달려들었다.

　그러나 이것은 미네르바가 유도한 동작이었다. 미네르바가 재빨리 전투 도끼를 바꿔 들더니 칼날이 달리지 않은 쪽의 물미를 이용해서 레이아의 검을 날려 버리는 데에 성공. 곧바로 다시 공세로 전환했다.

　무기를 잃고 궁지에 몰린 레이아는 패배를 인정했다.

　"저 긴 전투 도끼를 자유자재로 다루다니 상당한 실력과 기량을 가졌군요. 물미를 임기응변으로 쓴다는 점이 좋네요."

　야마토가 미네르바를 평가했다.

큰소리치는 만큼 실력은 진짜인 듯하다.

하지만 사부님의 다음 정도로 노땡큐야, 저 여자는.

2회전은 사부님 대 노아.

노아는 마도사로 로브 차림에 지팡이를 들고 있다.

"마력은 그냥 그래." 프라우가 평가했다.

즉 상당한 실력자라는 뜻이리라.

갈색 머리카락은 물결처럼 길고 아름다우며 얼굴도 귀엽다.

이왕이면 이런 여자가 좋다. 꼭 이겼으면 좋겠다.

한편 사부님은 약속대로 맨손이었다.

"카산드라 씨는 무기는 어디에 있죠?"

라는 안내방송에 대해,

"필요 없어."

라고 스승님은 짧게 대답했다.

'좋아, 할 수 있어! 힘내라, 노아!'

나는 속으로 노아에게 뜨거운 응원을 보냈다.

시합은 개시 전부터 주문을 외우고 있던 노아가 시작하자마자 화염구를 발동.

"빠르다."

노아의 영창 속도가 프라우의 눈에 든 모양이다.

"무영창은 아닌 것 같지만 저 정도 위력의 마법을 저 속도로 영창할 수 있다면 나쁘지 않네요."

남을 별로 칭찬하지 않는 카밀라도 노아를 평가한다.

화염구는 사람을 집어삼킬 정도로 커지더니 사부님에게 날아갔다.

"상당한 위력."

프라우가 중얼거렸다.

이거 기대해도 되지 않을까?

그러나 그 상당한 화염구를 사부님은 손바닥으로 받아 냈다.

"응?"

노아가 말을 잃는다.

그리고 사부님은 악력만으로 화염구를 뭉개 버렸다.

거대한 화구가 물리적으로 뭉개지는 모습은 마치 마법과도 같다. 아니, 뭉개진 쪽이 마법이지만.

관객들도 엄청난 광경에 입을 떡 벌린다.

"마법사 같은데, 다른 마법은 없어?"

사부님은 다른 마법도 받아낼 작정인 모양이다.

그것을 도발로 받아들인 노아가 지팡이를 휘두르며 주문을 외우기 시작했다.

"백룡의 얼어붙는 숨결, 북극의 정령, 얼어붙은 고랑, 영원한 서리의 옥좌를 이곳에……."

아마 강력한 얼음 주문을 읊고 있는 것이리라.

그러나 주문의 한 구절을 이루고 있는 백룡은 지금 사부님의 어깨에 앉아 있는데요?

"'그레이셜 프리즌'!"

주문으로 현현한 것은 흰색 결정의 서리. 그것이 고치처럼 사부님을 감싸더니 일순간에 전신을 얼려 버렸다.

사부님의 몸은 숫제 얼음 조각상처럼 되었다.

"……그만 과하게 해 버렸네요."

노아가 귀여운 얼굴을 찡그렸다. 죽여 버린 것으로 착각한 것이리라.

그러나 다음 순간, 나무가 갈라지는 듯한 파열음이 울렸다.

사부님을 가두었던 얼음에 금이 간 것이다.

음, 그럴 줄 알았지. 백룡의 얼음을 기합으로 깬 사람이라고.

얼음은 산산조각 나서 원래의 하얀 결정으로 돌아가고, 원래의 자세에서 미동조차 하지 않은 사부님의 모습이 드러난다.

"다른 건?"

전혀 대미지를 입지 않은 사부님은 아직 더 마법 공격을 시킬 생각이다.

이제 그만하시죠. 상대의 마음을 꺾을 때까지 할 작정인가요?

"안 되겠어요. 항복하겠어요."

노아는 지금 공격으로 마음이 뚝 부러졌는지 눈물을 글썽이며 패배를 인정했다. 그 표정조차 귀여워서 패배가 유감스럽다.

화염구를 맨손으로 받아내 그대로 뭉개고, 얼음이 되고도 자력으로 분쇄하는 탈인간급 기술에 술렁이는 장내.

"저 카산드라라는 여자, 뭐 하는 여자죠? 마법에 대한 특수한 힘이라도 갖고 있는 건가요?"

야마토도 놀라고 있다.

아, 저건 특수한 힘이 아니라 기합이야, 기합. 내가 아는 사부님은 그런 사람이다.

세 번째는 실라 대 샤리.

S랭크 모험가와 실력가 어쌔신의 대결이다.

……이거 뭘 정하기 위한 싸움이더라? 세계 최강의 여성?

실라는 은발이 눈길을 끄는 늠름한 생김새로, 솔직히 미인이다. 반면 샤리는 베일 때문에 얼굴이 잘 보이지 않았다. 분명 미인이라고 믿고 싶다.

백은 갑옷을 입고 양손에 검을 든 실라. 그와 대조적으로 샤리는 검은 베일과 외투 같은 장의로 몸을 감쌌지만, 비슷하게 양손에 단검을 쥐고 있다.

시합이 시작되자마자 샤리는 단검을 던졌지만 실라는 그것을 간단히 검으로 쳐냈다. 샤리는 다른 단검을 꺼내 투척, 이것도 간단히 검으로 대처된다.

　그러나 튕겨낸 단검이 공중에 붕 뜨더니 다시 실라를 향해 날아갔다.

　도합 4자루의 단검이 공중에 떠올라 자유의지라도 가진 것처럼 움직였다.

　살펴보니 샤리의 주위에는 단검이 10자루 가까이 더 부유해 있다.

　"희한한 기술을 쓰네요, 저 어쌔신."

　카밀라가 말했다. 너도 대부분 희한한 기술을 쓰잖아. 손가락을 튕겨서 '소닉 블레이드'도 날리고 부채를 부쳐서 충격파도 날리고.

　10자루가 넘는 단검에 대처하느라 바쁜 실라지만, 과연 S랭크 모험가답게 모조리 받아내고 있다. 배후에서 날아오는 단검도 뒤에 눈이라도 달린 것처럼 슉슉 피해내자 관객석에서 박수갈채가 일어난다.

　그리고 실라는 공세로 전환하기 위해 샤리를 향해 내달렸다. 샤리도 단검 2자루를 더 꺼내더니 그것을 양손에 들고 요격하는 자세를 취한다.

　두 사람 다 전광석화의 속도로 양손의 검을 휘둘렀다. 검 다루는 솜씨가 기가 막힌다. 샤리도 다른 단검을 조작할 여유까지는 없다.

"쌍검은 취급이 어려운데 훌륭하군요. 제가 가르침을 청하고 싶을 정도입니다."

야마토가 감탄했다.

확실히 쌍검은 어렵다. 몸이 열리기 때문에 힘이 잘 들어가지 않기 때문이다. 샤리처럼 단검이라면 그렇게까지 어렵지 않겠지만, 보통의 검을 2자루 쓰는 실라의 기량은 탁월하다. 코어가 좋다.

서서히 실라가 샤리를 궁지로 몰면서 간격을 좁힌다.

그러자 샤리의 베일이 벗겨지며 갈색 얼굴이 드러났다.

다행이다. 꽤 미인이다. 응, 뭔가 입으로 날렸는데?

실라가 그것을 재빨리 피하고 다시 맞붙을 태세를 취했다. 그 틈에 샤리는 다시 단검을 부유시켜 반격으로 전환한다.

"입으로 바늘을 날렸군요."

야마토가 중얼거렸다. 역시.

"샤리가 입으로 바늘을 날린 것 같습니다. 실라도 용케 반응했군요."

그런 특기를 갖고 있는 부인이라니 뭔가 싫다.

단, 바늘은 샤리의 최후의 몸부림이었는지 일단 태세는 정비했으나 실력 차는 확연했다.

상대의 반격에 실라는 냉정하게 대응했고, 마지막에는 샤리의 목덜미에 칼날을 들이댐으로써 승패가 결정났다.

네 번째는 카렌 대 사샤.

사샤는 기사 가문의 딸로, 지금은 모험가라고 한다. 이 대회에는 드물게 기사의 예법에 따른 정통 검법을 구사하며, 한손검과 방패를 들고 있다.

딱 보기에도 기품이 있고 금발에 벽안을 가진 미소녀다. 어쩌다 이런 괴물들만 모인 대회에 출전한 걸까? 불쌍하게시리.

가문이나 예의범절 면에서는 사샤가 압도적으로 비 후보에 어울릴 것 같다.

헌드레드에 소속된 카렌은 투기장에서도 친숙한 얼굴이라 관객석에서 응원의 목소리가 많이 들렸다.

갈색 단발머리에 갈색 눈, 이마의 헤어밴드가 트레이드 마크인 쾌활한 소녀다. 애교가 있고 귀여워서 응원받는 것도 이해가 간다. 이쪽은 장검을 양손으로 쥐고 있다.

시합을 개시하자마자 카렌이 돌격. 이 과감한 스타일도 카렌의 인기 요소 중 하나다. 순발력이 있어서 웬만해서는 대응하기 어렵다.

그 돌격에서 나온 일격을 사샤는 방패로 막았지만 반격하기 전에 카렌이 재빨리 방향을 바꿔 추가 공격을 가했다. 카렌의 높은 민첩성은 어쩐지 킬러 래빗을 연상케 한다.

기본적인 체력이나 속도는 카렌이 위지만, 사샤는 훈련

이 잘 되어 있었다. 카렌의 공격을 모조리 막아내고 있다.

"좋은 검이군요. 얼마나 훈련했는지 짐작게 합니다. 틈이 없고, 쓸데없는 동작이 없어요. 강한 상대에 대해서도 어떻게 싸워야 할지 알고 있군요."

야마토의 평가처럼 사샤는 잘 싸우고 있었다.

최소한의 동작으로 철저하게 방어하여 체력을 아끼면서 반격 찬스를 엿보고 있다.

한편 카렌은 다소 지치기 시작했는지 숨이 거칠어지기 시작했다.

그것을 기회로 본 사샤가 반격에 나선다. 마치 몬스터의 숨통을 끊을 때처럼 확실하고 신중하게.

서서히 궁지에 몰리는 카렌에게 장내에서 응원이 날아든다.

그 목소리에 힘을 얻었는지 카렌은 양손으로 장검을 잡고 옆으로 휘둘렀다.

틈이 많은 자세지만 저건…….

사샤가 곧바로 달려들었지만 카렌은 개의치 않고 검을 내리치듯 힘껏 휘둘렀다. 사샤는 냉정하게 방패로 받아넘기려 했지만, 예상을 뛰어넘은 힘이 가해지자 자세가 무너진다. 카렌은 그 여세를 몰아 회오리바람처럼 회전하며 공격을 계속했다. 사샤는 당황해서 검으로 받으려 했지만 엄청난 기세에 검이 날아가며 공격 수단을 잃고 말았다.

그리고 깨끗하게 패배를 인정했다.

시합이 끝난 뒤, 두 사람은 재결투를 약속하며 악수했다.

"……너무 밀어붙이는데요. 헌드레드다운 무모한 공격. 좀 더 사샤를 본받아 정통 검술을 배우는 게 좋을 것 같은데."

야마토가 복잡한 표정을 짓고 있었다. 검술을 사랑하는 그는 사샤가 싸우는 방식에 더 마음이 가는 것이리라. 나도 사샤가 더 좋았다. 얼굴이.

준결승의 첫 번째 시합은 미네르바 대 사부님.

"마법을 손으로 받아내는 진귀한 기술을 쓰지만 내 도끼는 어떨까?"

기분 나쁘게 웃는 미네르바에게,

"똑같지. 다를 게 뭐 있어?"

라고 사부님은 받아쳤다.

언뜻 도발에 도발로 응수한 것처럼 보이지만, 사부님은 사실을 말하고 있을 뿐이다. 물리와 마법의 구분이 없는 것이다. 기본적으로 기합으로 어떻게든 된다고 생각하고 있다.

'신이시여, 제발 부탁입니다. 미네르바에게 힘을!'

나는 미네르바의 승리를 신께 빌었다.

시합이 시작되자 미네르바가 전투 도끼를 스승님에게

속공으로 내리쳤다.

그러나 눈이 보이지 않아야 할 사부님은 최소한의 동작으로 그것을 막으면서 전투 도끼의 자루를 한 손으로 붙잡았다. 그 가면, 정말 시각을 차단하는 거 맞아? 아무리 봐도 동작이 빠릿빠릿한데?

"뭐야 이거!"

붙잡은 사부님의 손을 치우려고 미네르바는 양손에 힘을 주지만 꿈쩍도 하지 않는다.

반대로 사부님이 한 손에 힘을 주자 전투 도끼가 미네르바째로 들어 올려졌다. 거짓말 같은 완력이다. 뭐, 처음 만났을 때부터 저런 느낌이었지만.

사부님은 붙잡은 전투 도끼를 풀스윙함으로써 들어 올려진 미네르바를 투기장 벽으로 날려 버렸다. 미네르바는 맹렬한 스피드로 벽에 충돌. 벽에 금이 간다.

힘 조절을 좀 더 해 주면 좋겠다. 벽이 불쌍하다.

미네르바는 겨우 일어났지만, 얼굴 바로 옆으로 전투 도끼가 날아와서 벽에 꽂혔다. 사부님이 던진 것이다.

"히익!"

드세기만 하던 미네르바 씨의 입에서 한심한 목소리가 흘러나온다.

위험해. 눈도 보이지 않으면서 물건을 집어던지다니. 하마터면 미네르바의 안면이 날아갈 뻔했잖아.

"들어, 한 번 더야."

사부님이 천천히 미네르바를 향해 걸음을 떼었다. 뭔가 전신에 살기를 띠고 있는 것 같은 느낌이 듭니다만 기분 탓?

그에 대해 미네르바는 옆에 꽂힌 전투 도끼를 멍하니 쳐다본 다음, 사부님에게 시선을 돌렸다.

갓 태어난 새끼 사슴처럼 떨고 있다.

"목숨만은 살려줘! 도와줘!"

본능적으로 위험을 느낀 것이리라. 목숨을 구걸하기 시작했기 때문에 전투불능으로 간주되어 사부님이 승자가 되었다. 하긴 저런 사람하고 싸우고 싶진 않지.

압도적인 힘의 차이에 다시금 장내가 술렁거린다.

"저 카산드라라는 여자. 폐하고 아는 사이인 것 같던데, 정체가 뭐죠?"

가마라스가 물었다.

"……내 스승이오. 검성 카산드라."

딱히 숨길 마음도 없었지만 어쩌다 보니 말할 기회를 놓쳤던 사실을 마침내 나는 고백했다.

"맙소사, 그 적귀 카산드라 말입니까! 오랫동안 소식을 듣지 못했었는데!"

"10년 정도 동면하고 있었다고 하오. 그대로 영면해 주면 좋았을 텐데——검성이라는 이름은 공개적으로 부르지 마시오. 일이 귀찮아질지도 모르니."

퇴장하는 사부님의 등을 나는 바라보고 있었다.

준결승 두 번째 시합은 실라 대 카렌.

이번에도 힘차게 돌격하는 카렌.

상대 좀 봐 가면서 하지? 그러다 죽는다?

쌍검을 쓰는 실라는 카렌의 공격을 한쪽 검으로 받아넘기면서 다른 한쪽으로 반격했다. 당황해서 뒤로 물러나는 카렌. 실력 차가 확연하다.

다소 학습했는지 카렌은 특기인 순발력을 발휘해서 치고 빠지는 전술로 바꿨지만, 실라는 비집고 들어갈 틈을 보이지 않는다. 동작이 큰 만큼 카렌의 체력만 소모되어 간다.

마침내 카렌은 사샤와의 시합에서 선보인 무리한 회전 공격으로 타개를 시도했지만 실라는 손쉽게 회피했다.

안 맞으면 아무 의미 없지, 저런 공격은.

그 뒤, 두 자루의 검을 재빠르게 휘두르는 실라에 의해 카렌이 일방적으로 밀려나더니 순식간에 승부가 났다.

"상대가 안 좋았어. 실라라는 여자는 상당한 실력가야. 헌드레드에서도 상위에 들어갈걸. 뭐, 카렌도 잘했어. 저 여자와 겨룰 만큼 실력이 향상됐다는 거겠지."

오그마가 카렌의 건투를 칭찬했다.

패배 후, 눈물을 흘리는 카렌의 모습에 관객들이 따뜻한 박수를 보냈다.

그렇게까지 분해할 건 없잖아.

그렇게 비가 되고 싶냐?

자랑은 아니지만 내 비는 프라우나 카밀라 같은 괴물들 뿐이라 그냥 평범하게 사는 게 더 행복할 거야.

❧

그리고 드디어 비 후보 선발전의 결승이 시작되었다.

사부님 대 실라다.

둘 다 압도적인 힘을 보이면서 올라왔지만, 판돈으로 치면 사부님이 더 우세하다. 나도 당연히 사부님한테 걸었다.

하지만 속으로는 실라에게 응원을 보낸다. 제발 사부님을 쓰러뜨려 주면 좋겠다. 그것을 위해서라면 판돈도 아깝지 않다. 은발의 시크한 미인이기도 하고.

사부님은 가면 때문에 표정이 보이지 않지만 실라는 긴장한 표정이다.

시합 개시와 동시에 실라의 쌍검이 빛나기 시작했다.

한쪽은 붉은 빛을, 다른 한쪽은 푸른 빛을 띠고 있다.

"마법 검일까요? 아니, 저 검 자체에 마법이 부여되어 있는 걸까요?"

야마토가 흥미롭다는 듯이 중얼거렸다.

"둘 다지. 마력이 없으면 진가를 발휘할 수 없는 타입의 검이야, 저건."

카밀라가 야마토의 의문에 대답했다. 이러니저러니 해도 친하네, 이 둘.

실라가 빛나는 쌍검을 겨냥한 채 사부님에게 접근하더니 엄청난 스피드로 검을 휘두르기 시작했다.

스승님도 강력한 마법 검을 맨손으로 받아낼 수는 없겠다 싶었는지 몸을 움직여 그것을 피한다.

실라의 검 끝이 몇 줄기 빛이 되어 환상적인 광경을 자아내고 있었다.

"저건 '미라지 소드'군요. 그것도 쌍검에 발동시키다니 대단한데요."

S랭크 모험가답게 실라는 상당한 실력이다.

어째서 비 후보에 이름을 올렸는지 이상할 정도다.

그러나 그럼에도, 사부님한테는 검이 닿지 않는다.

'미라지 소드'를 계속 발동시키는 데도 한계가 있다. 실라는 점차 지치기 시작했는지 움직임이 조금 둔해졌다.

사부님은 그것을 노렸다.

쓱 한 발짝 거리를 좁히더니 카운터펀치처럼 실라의 턱에다 강력한 손바닥치기를 날린 것이다.

붕 날아가는 실라. 지면에 부딪혀 몸이 한 번 튕기더니 그대로 쓰러졌다.

정말 아파 보인다. 내가 사부님과 수행했던 때의 기억이 되살아날 것만 같아서 괴롭다.

실라는 한참 뒤에야 검을 짚고 겨우겨우 일어섰다.

그 눈물겨운 모습에 장내에서 응원의 목소리가 날아든다.

이런 무책임한 놈들. 그대로 누워 있는 편이 행복할 텐데.

사부님은 그런 장내의 분위기를 무시하고 천천히 실라에게 다가가더니 그 배에 강렬한 발차기를 날렸다.

"쿨럭!"

내장을 토해내는 듯한 목소리, 아니 소리를 입으로 내면서 발차기를 당한 실라는 다시 공중을 날았다.

그리고 그대로 바닥에 쓰러지고는 움직이지 않게 되었다.

"카, 카산드라, 승!"

이번에야말로 전투 불능으로 간주했는지 사부님의 승리를 알리는 안내방송이 장내에 흘렀다.

그러나 장내는 고요하다. 모두 겁을 먹은 것이리라.

뭐랄까, 사부님의 매타작은 심각한 폭력을 목격한 기분이 들게 한다. 보기만 해도 아파 보이고, 나도 자주 당하던 일이고.

그리하여 사부 카산드라가 내 셋째 비로 결정되었다.

일단 부부 싸움은 죽음과 직결되므로 반항하지 말아야겠다고 나는 마음속으로 맹세했다.

XII ◆ 카산드라

비 후보 선발전 후, 프라우, 카밀라, 가마라스, 오그마, 야마토로 구성된 위원이 협의한 결과, 준우승자인 실라도 넷째 비로 맞아들이게 되었다.

……결혼하는 내 의견을 묻지 않는 건 왜일까?

또 30명 정도 되었던 다른 비 후보들은 헌드레드에 소속된 카렌을 제외하고 대부분 카밀라가 부하로 들였다.

카밀라 왈,

"언니는 직속 마도사단을 데리고 있는데 나만 없는 건 불공평"이라나.

아니, 마도사단도 엄연한 파룬의 부대거든.

완전히 프라우의 사병이 되어 버렸지만.

뜻밖에 이 카밀라의 어리광 같은 제안에 대한 반대 의견은 없었다.

비가 늘어났으니 그 신변 보호를 겸해서 전력이 될 만한 여성이 많으면 많을수록 좋다는 판단이다.

'뇌제' '광란' '검성' '쌍검'이라는 별명을 가진 비들의 어디를 보호할 필요가 있단 말인가?

아무튼 카밀라의 직속부대가 결성되고, 팰리스 기사단이라고 명명되었다.

카밀라는 임신 중이지만 팰리스 기사단의 훈련에 여념이 없었다. 자신이 파룬에서 받은 훈련을 그녀들에게도 받게 하고 싶다고 한다.

새로 생긴 부하들에게 친히 몬스터 고기도 먹여 주고 몸소 마수의 숲 심부까지 안내하는 등 카밀라는 매우 생기가 넘친다. 그녀에게 이런 친절한 일면이 있었다니 참으로 놀랍다.

사부님은 파룬의 비라는 지위를 만끽하고 있었다.

오랜만에 나를 훈련시키기도 하고, 오그마와 야마토, 크롬, 워렌과 같은 헌드레드 상위권의 청을 받고 연습 시합의 상대도 되어 준다. 일방적으로 만신창이로 만들 뿐이지만.

그래도 좋아하는 오그마 일행은 단단히 잘못된 것 같다.

사부님은 밤에는 거의 내 침실에 있다.

왠지 프라우나 카밀라에게 미안해서 두 사람에게도 말해 봤지만, "육아가 힘들다" "임신 중이라 상대할 수 없다"와 같은 냉정한 대답이 돌아왔다. 혹시 나 미움받고 있나?

"네 부하들은 훈련시키는 맛이 있어서 좋아. 강자가 이만큼 있는 나라도 또 없을 거야."

침실에서 내 옆에 누워 있는 사부님이 말했다.

"하지만 설마 몬스터 고기를 이렇게 많은 사람한테 보급시켰을 거라고는 생각도 못 했어. 그걸 먹을 수 있는 사람은 별로 없을 줄 알았는데. 그걸 너는 강해지고 싶은 사람들과 나누고 조직화했어. 난 하지 못했던 생각이야. 거기다 그들을 훈련 상대로 삼아 자기 자신도 성장시키다니."

결과적으로 그렇게 됐을 뿐, 처음에는 그럴 생각이 없었지만, 사부님이 칭찬해 주니 좋게 생각하자.

"그러고 보니, 사부님은 왜 10년 전에 파룬에 오신 거예요?"

당시 나는 훈련이라는 명목의 사부님의 학대를 견디는 것만 해도 버거워서 사부님에 대해서 별로 묻지 못했다.

"응? 말 안 했나? 마수의 숲을 탐색하려고."

"마수의 숲을요?"

마수의 숲은 꽤 넓다. 아레스 대륙의 남쪽 대부분이 마수의 숲이라고 할 수 있다. 아레스 대륙은 두 개의 산맥에 의해 남북으로 나뉘어 있는데, 그 산맥이 갈라지는 지점, 남북이 살짝 접해 있는 부분에 파룬 왕국과 카도니아 왕국이 있다.

"응. 마수의 숲에는 강한 몬스터가 많으니까. 몇 년에 걸쳐서 그놈들을 전부 제패할 생각이었지. 그런데 넓어도 너무 넓더라고. 파룬을 거점으로 최대한 멀리까지 가 봤지만 숲이 끝도 없는 거야. 일주일마다 너를 훈련시켰던 건 나도 일주일 이상은 그 숲에 있을 수 없었기 때문이지."

사부님한테도 그 숲은 일주일이 한계였단 말인가.

현재 파룬에서는 마수의 숲의 개척이 진행 중인데, 그 규모는 마수의 숲 전체로 보면 극히 일부 면적이다. 거기다 개척하면 할수록 강력한 몬스터가 출현하므로 조만간 한계가 올 것이다.

"마수의 숲은 저도 꽤 깊이 들어가 봤지만 몬스터는 끝도 없이 강해지더라고요. 전설에 의하면, 그 숲의 가장 깊은 곳에는 마왕이 봉인되어 있대요."

내 조상인 용사가 마수의 숲 깊은 곳에 마왕을 가둬 놓았다는 전승이 있다.

"마왕이 있으면 싸워 보고 싶었는데. 거기서는 마족도 못 봤어. 그 숲은 뭐랄까, 더 원시적인 몬스터밖에 없어. 마족처럼 인간에 가까운 몬스터는 본 적이 없어. 몬스터 고기를 구하기에는 딱 좋지만 말이야."

마족이란 인간에 가까운 외형을 한 종족이다. 인간과는 다르게 긴 수명, 높은 마력, 압도적인 신체 능력을 갖고 있다. 그 정점에 있는 것이 마왕이다. 마족을 몬스터로 분류해도 좋은지는 모르겠지만, 마족은 수많은 몬스터를 거느리고 있다는 소문이다.

"중앙에서는 몬스터 고기를 구하기 어려워요?"

"일상적으로는 구할 수는 없어. 고르지 않으면 구할 수 있겠지만 파룬처럼 상시 킬러 래빗 고기를 구할 수 있는 건 아니야."

"파룬에서도 킬러 래빗은 멸종 직전이었어요. 지금은 가축화에 성공해서 몬스터 고기를 효율적으로 공급하는 체제를 갖췄지만요."

가축화라고는 해도 먹기 힘든 몬스터 고기가 그렇게까지 대량으로 필요한 건 아니다.

전에는 몬스터 고기는 잡은 사람이 쬐끔 먹고 나머지는 폐기했지만, 현재는 한 마리를 인원수에 맞춰 효율적으로 나눠먹는 체제가 갖춰져 있다.

"그런 점도 파룬다워. 아마 다른 나라에서는 몬스터의 가축화는 힘들 거야. 중앙에서는 몬스터는 명백히 인간의 적이야. 파룬은 마수의 숲이 가깝고 백성들도 몬스터에 대한 거부감이 적어서 몬스터를 사육하는 데 대한 반발도 없는 걸 거야. 중앙에서는 몬스터 고기를 먹는다는 건 상상도 못 해."

사부님은 의외로 바른말을 한다. 침실을 같이 쓰고부터 깨달은 건데, 이 사람은 결코 싸우는 생각만 하는 게 아니라 꽤 냉정하게 사물을 볼 줄 안다.

"그러니까 몬스터 고기를 가지고 군사력을 높일 수 있는 나라는 이 근방에서는 파룬뿐이야. 다른 나라에서도 조사는 하고 있겠지만 흉내는 못 내."

"군사력을 높일 생각은 없는데요. 헌드레드는 순수하게 강해지고 싶은 자들의 집단일 뿐이에요. 저는 평화를 원해요."

"그럼 그 몬스터 군단은 뭔데? 그건 군사력이 아니야?"

사부님은 나를 쳐다보았다. 날카로운 눈빛은 아니다. 결코 비난하는 건 아닌 듯하다.

"그거야 뭐…… 확실히 전력이긴 하지만, 그건 그것대로 좋은 것 같아요. 어쩌다 보니 군단화된 거지만, 전쟁 때 백성을 병사로 만들 필요가 없어지거든요. 백성 대신 몬스터가 싸워 준다면 그것도 좋은 것 같아요."

전쟁 때는 일반 백성도 병사로서 징집되는 것이 일반적이지만 전의도 낮고 전력으로서도 취약하다. 그에 비해 몬스터는 호전적이고 강하다. 몬스터를 민병 대신 전력으로서 쓰는 것은 적재적소라고도 할 수 있다.

"와이번을 군단화하는 건 과잉전력 아니야?"

사부님은 장난스러운 표정으로 나를 놀렸다.

와이번은 워울프 다음으로 주시 중인 몬스터 군단의 두 번째 후보다.

선택한 사람은 나다. 이유는 '드래곤은 멋있으니까'다.

그런 적당한 이유이지만, 키리에 의하면 "드래곤계는 지능이 높아서 의사소통이 어렵지 않으니 가능할 겁니다"라는 의견이다.

중급 이상의 드래곤은 단독 행동을 좋아하지만 하급인 와이번은 무리를 이루는 성질이 있다. 그래서 워울프처럼 무리의 주인을 포획해 버리면 무리 전체를 지배하에 둘 수 있다고 한다.

현재는 약 10마리의 와이번 무리를 훈련 중이다.

"이왕 군단화할 거면 드래곤이 낫지 않아요? 폼도 나고."

"그러네. 확실히 드래곤이 낫지."

사부님은 천을 깔아 놓은 바구니 안에서 자고 있는 백룡의 유체를 쳐다보았다.

그러고 보니 이 녀석도 드래곤이었지.

"그 백룡은 어쩌려고요?"

"음. 다 크면 이 녀석을 타고 다니려고."

전설의 백룡을 탄 검성은 너무 무섭잖아. 그걸 타고 찾아간 도시나 나라가 공포 상태에 빠지지 않을까?

"얼마나 커져요?"

"글쎄? 내가 10년 얼어 있었는데 이 정도 크기니까 타고 다닐 만큼 크려면 시간이 꽤 걸리지 않겠어? 뭐, 나도 아이가 생겨서 어느 정도 크기 전에는 여행 다닐 생각 없으니까 딱 좋아."

"지금은 중앙도 여행 갈 상황이 아닌 것 같고요."

이번 비 후보들로부터 수집한 정보에 의하면, 현재 중앙은 긴박한 정세로 각국이 전력 증강에 여념이 없다고 한다. 유력한 인재에 대한 권유가 꽤 강제적으로 이루어지고 있는데, 그게 싫어서 파룬으로 온 비 후보들도 몇 명 있었다. 그 대표격이 넷째 비가 된 실라다.

"너 때문 아니야?"

사부님이 씩 웃었다.

중앙의 정세가 움직인 것은 도르센 왕국이 약체화된 것이 크다. 1만 병력이 손실된 데다 결과적으로 오천위 중 3명을 잃었다. 이것을 호기로 본 주변 국가들이 도르센 왕국에 대한 침공을 시도하고 있는 것이다.

"전 공격받은 쪽인데요. 정당방위라고요."

"네가 카도니아를 병합하지 않았으면 도르센도 움직이지 않았을 거야."

"그건 결과적으로 그렇게 됐을 뿐이지, 전 영토 같은 거 필요 없었어요. 파룬에서 평화롭게 지낼 수 있으면 그걸로 족했다고요."

"왕위를 빼앗은 것도 어쩌다 그렇게 된 거고, 카도니아를 빼앗은 것도 어쩌다 그렇게 된 거다? 그렇다면 그건 그냥 네 운명 아니야?"

사부님은 눈을 가늘게 뜨고 의미심장한 말을 했다.

"사부님, 그건 무슨 뜻으로……."

뭔가 말하려던 내 입을 사부님은 손가락으로 지그시 누른다.

"사부님은 무슨. 난 네 아내가 됐어. 카산드라라고 불러."

"……카산드라, 지금 그 말은 무슨 뜻이죠?"

사부님을 이름으로 부르는 것은 왠지 무척 쑥스럽다.

"조만간 알게 돼. 적어도 네 주변 사람들은 뭔가 느끼고 있을걸. 넌 그런 남자야."

적귀 카산드라라 불렸던 사부님의 뺨이 발그레해졌다.

파룬 왕가에 들어오게 된 실라는 당황스러웠다.

그녀는 어떤 사정에서 비 후보 선발전에 참가했지만, 사실 썩 내키지는 않았다. 적당히 질 생각이었지만 일류 전사로서의 긍지 때문에 대충 끝내지 못하고 결국 결승까지 올라가고 만 것이다.

그러나 결승 상대는 맨손으로 토너먼트를 올라온 하얀 가면의 여자 카산드라였다.

'저 여자를 이기기는 어렵겠지.'

지금까지 수많은 전투를 경험해온 실라이기에 적의 힘을 정확하게 읽을 수가 있었다. 카산드라는 예사로운 상대가 아니다. 맨손으로 상대를 쓰러뜨리지만, 격투술을 생업으로 삼는 무도가로 보이지는 않았다. 즉 진짜 실력은 드러내지도 않은 것이다.

그리고 실라도 무기조차 쓰지 않은 카산드라에게 패했다.

턱에 손바닥치기를, 배에 발차기를 당했다.

물리적으로도 정신적으로도 충격적이었다. 맞거나 걷어차인 감촉이 아니었던 것이다.

예를 든다면, 100년쯤 된 굵은 통나무로 얻어맞은 듯한 착각이 들었다.

솔직히 실라는 본의 아니게 비 후보가 될까 봐 걱정일 정도였지만, 그건 오만한 생각이었다는 것을 뼈저리게 깨달았다.

'아, 역시 파룬의 비는 괴물이 아니면 될 수 없구나' 하고.

처음부터 비가 될 마음은 없었기 때문에 내심 안심했지만, 왠지 넷째 비로 뽑히고 말았다.

이것은 그녀의 오산이었다.

XIII ◆ 실라

　내가 태어난 곳은 바르칸이라는 나라였다.

　아버지는 바르칸 최강의 칠성검 중 한 사람인 가라이.

　최강이라고는 하지만, 칠성검은 세습이라 그 자리는 대대로 그 가문의 적장자가 물려받기 때문에 최강을 유지하기 위해 칠성검의 가문에서는 자식을 어릴 때부터 엄하게 가르친다.

　그런 가문에서 자란 탓에 나도 어려서부터 검술을 즐겼고, 아버지한테 기초 교육도 받았다.

　쌍검술은 쌍검이라는 별명과 함께 우리 가문에 전수되어 왔는데, 나는 아버지와 겨루는 사이에 자연스럽게 익히게 되었다.

　현재 나는 쌍검 실라라고 칭송받지만, 옛날에는 쌍검이라고 하면 내 아버지인 가라이를 의미했다.

　"네가 사내였어야 했는데."

　아버지가 몇 번이나 한탄하던 말이다. 바르칸은 부계사회라 여자가 가문을 잇는 일은 있을 수 없었다. 나는 남동생이 있었기 때문에 그 남동생이 가문을 이을 예정이었지만 검은 나만큼 잘 다루지 못했다.

　물론 남동생도 피나는 노력을 했다. 약한 자가 칠성검의 이름을 쓸 수는 없기 때문이다. 그것은 바르칸이라는 나라의 수치가 된다.

칠성검의 가문 중에는 우수한 자를 데릴사위로 들여서 가문을 존속시키는 곳도 있다.

대대로 적장자가 칠성검을 계승했다는 자부심을 갖고 있는 우리 가문에 다른 가문에서 데릴사위를 들인다는 것은 있을 수 없는 일이었다. 그래서 남동생은 엄청난 압박감을 느꼈다.

남동생은 그냥저냥한 기사는 될 수 있어도 결코 나만큼 강해질 수는 없다는 것을 나는 알고 있었다. 남동생도 그것을 어렴풋이 알고 있어서 우리 남매는 점차 사이가 멀어졌다.

나 때문에 집안 분위기가 나빠진 게 싫어서 14살 때 집을 나왔다. 집에 있어 봤자 다른 칠성가 가문에 시집이나 가게 될 것이 뻔했는데, 나보다 약한 남자와 결혼하고 싶지 않았다.

집을 나온 나는 알음알음으로 집에서 멀리 떨어진 마을의 모험가 길드에 가입했고, 거기에서 빠르게 두각을 나타냈다.

파티를 짜서 강력한 몬스터를 쓰러뜨리고, 던전과 고대 유적도 탐색했다. 모험가 랭크도 빠르게 올라갔다.

모험가 생활은 결코 편하지는 않았지만 그래도 나는 즐거웠다. 자유롭고, 여자라도 강하면 지위와 명성을 손에 넣었다. 금전적으로 부족함도 없었다.

알찬 하루하루를 보내던 나에게 전환기가 찾아온 것은 반년 전쯤이었을까.

도르센 왕국 오천위의 필두인 지크문트가 찾아온 것이다.

지크문트는 본디 S랭크 모험가로, 신입 시절에 나도 신세 진 적 있는 인물이다.

내가 나보다 위라고 인정하는 몇 안 되는 실력자이기도 했다.

"오천위에 들어와라."

지크문트가 단도직입적으로 말을 꺼냈다.

"지금 도르센 왕국은 전력이 부족하다. 오천위도 결원 상태가 이어지고 있어. 이대로 가다간 타국의 침략을 초래할지도 몰라. 그렇게 되면 전쟁이다. 그걸 막기 위해서라도 네 힘이 필요해."

그 이야기는 알고 있었다. 파룬과의 전쟁에서 패한 도르겐이 급속히 힘을 잃고, 타국이 그 틈을 노리고 있다는 소문이 자자했다.

"제가 오천위에요? 여잔데도요?"

'광란의 황녀' 카밀라는 왕족이라 예외적으로 오천위의 자리에 앉았지만, 원래 오천위는 칠성검처럼 남자만 그 자리에 앉을 수 있다.

"남자 여자 따질 때가 아니야. 그에 걸맞은 힘이 있으면 그 만이다. 너에겐 그 힘이 있어. 폐하께서도 승낙하신 일이다."

그 말에 나는 솔깃했다. 아무리 모험가로 이름이 높아도 세간에서는 무뢰한에 불과하다. 그러나 오천위라고 하면 도르센의 얼굴로서 공적으로 인정받는 존재가 될 수 있다. 칠성검이 되지 못한 내가 말이다.

그러나 나는 크게 염려되는 것이 있었다.

"현재 도르센과 적대하고 있는 나라는 바르칸, 제 모국입니다. 그곳과 싸우라고요?"

도르센과 바르칸은 국경 근처에 있는 광산의 이권을 둘러싸고 오랫동안 대립 중이다. 전쟁이 일어난다면 도르센과 바르칸 간에 벌어질 것이 제일 유력하다.

"그곳의 국경은 내가 맡는다. 너한테는 다른 쪽을 맡길 것이다. 도르센으로부터 바르칸은 침공하지 않겠다는 맹세도 받아낼 것이다. 내 목을 걸고."

지크문트는 무엇보다도 인의를 중시하는 사람이다. 그가 목을 건다고 한다면 그것을 번복하는 일은 없으리라.

"……전 모험가 생활이 마음에 들어요. 게다가 가문을 남동생이 잇기로 되어 있는데, 제가 오천위가 되면 어떤 영향을 미칠지 알 수 없어요."

내가 오천위가 되는 것을 바르칸에서는 보복이라고 생각할지도 모른다. 거의 인연을 끊었다고는 하나, 가족은 가족이다. 너무 불이익이 되는 일은 하고 싶지 않았다.

"그렇군. 그래도 바로 결론 내리지 말고 잘 생각해 봐. 도르센은 네 힘을 필요로 하고 있다. 귀족 대우도 약속하지."

"귀족이요?"

놀랐다. 계급은 쉽게 넘을 수 있는 것이 아니다. 평민으로 태어나면 평민으로, 귀족으로 태어나면 귀족으로, 그것은 죽을 때까지 바뀌지 않는 벽이었다. 타국의 귀족이었다고는 하나, 모험가가 된 내가 귀족이 되는 일은 보통은 불가능한 이야기다.

"그래. 지금은 세습된 지위보다 실력이 더 우선시되는 시대로 변하고 있어. 우리는 파룬과의 전쟁을 통해 그것을 통감했다. 그 나라에서는 왕비의 자리조차도 힘으로 결정돼. 나도 뇌제 프라우와 카밀라 님의 대결을 봤는데 어찌나 장렬하던지. 힘만 있으면 여성이라고 무시당하는 일은 없어. 오히려 남자라도 약한 놈은 필요 없지. 이렇게 부탁한다. 생각해 보지 않겠나?"

지크문트는 그렇게 말하고 나에게 머리를 숙였다.

"시간을 좀 주세요."

나는 결론을 미루기로 했다.

솔직히 오천위가 되고 싶다는 유혹은 있다. 제안을 해온 지크문트는 고맙고 믿을 만한 사람이다. 그렇지만 모험가 생활에 불만도 없고, 가문 생각도 하지 않을 수 없었다.

찬찬히 생각하고 싶었다.

그러나 그로부터 얼마 뒤에 집에서 편지가 왔다.

내용은 '가독을 물려줄 테니 바르칸으로 돌아오라'는 것이었다.

"대체 무슨 일이지?!"

편지를 읽은 나는 나도 모르게 비명이 나왔다. 동생이 죽었거나 다쳤다는 이야기가 아니다. 별안간 내가 가독을 잇게 된 것이다.

대관절 집에 무슨 일이 일어난 걸까? 나는 파티 동료들에게 상담해 보기로 했다. 내 파티는 바르칸 왕국 출신으로만 구성되어 있어서 그들이라면 왕국 사정을 알고 있을지도 몰랐기 때문이다.

당장 모험가 길드의 한 방에 동료들을 불러모았다.

"잘됐네. 우리랑 같이 가자고."

돌아온 말은 뜻밖이었다.

실은 그들도 본국의 가족이나 친한 사람들한테 편지를 받았던 것이다. 그 내용은 좋은 대우를 약속하며 바르칸으로 소환하는 것이었다.

우리가 바르칸 사람들하고만 파티를 짠 것은 모두 비슷한 처지여서, 실력이 좋아도 모국에서 생활하지 못하고, 언젠가는 가족과 왕국에게 자신을 다시 보게 해주겠다는 공통의 목표가 있었기 때문이다.

그것을 생각하면 바르칸에서 지위를 얻는다는 건 나쁜 이야기가 아니다.

그러나 왜 이 타이밍인 걸까?

"실라도 당연히 돌아갈 거지? 설마 도르센에 갈 건 아니 겠지?"

한 사람이 나를 강하게 압박했다.

'아하, 그렇게 된 거로군.'

동료의 그 태도에서 나는 대강 어떻게 된 건지 깨달았다.

내가 지크문트와 접촉했다는 사실을 동료들이 본국에 알린 것이리라.

현재 정세로 보아 내가 어떤 제안을 받았는지 추측 가능 하다. 이에 바르칸의 상층부가 나를 도르센으로 보내지 않 기 위해 이번 일을 꾸민 것이다.

하지만 그렇게 되면 동생은 어찌 되는가? 지금까지 칠 성검을 잇기 위해 노력을 거듭해 왔는데 아무 잘못도 없이 하루아침에 후계자 자리에서 밀려나는 것이다. 나도 동생 한테 정이라는 게 있다.

"가문은 동생이 잇는다. 나는 바르칸으로 돌아가지 않아."

나는 단호하게 선언했다.

"너, 바르칸을 배신할 셈이야? 도르센에 갈 작정이야?!"

동료들이 나에게 따지고 들었다.

"먼저 나를 배신한 건 너희 아니야?"

방 안에 긴장감이 흐른다. 그러나 무력 사태가 벌어지면 나는 전위직의 기사이고, 동료들은 후위직인 마도사, 승 려, 도적이다. 아무리 3대 1이라도 밀리지 않을 것이다.

"……너 칠성검이 되고 싶고 싶었던 거 아니야?"

조금 머리를 식혔는지 한 동료가 말투를 누그러뜨렸다.

"글쎄. 처음에는 순수하게 동경하듯 그렇게 생각했었지. 하지만 지금은 아니야. 동생의 지위를 빼앗으면서까지 되고 싶진 않아."

나는 동료 한 사람 한 사람의 얼굴을 쳐다보았다. 이해할 수 없다는 표정을 짓고 있다. 그들은 가족으로부터, 국가로부터 인정받고 싶어서 지금까지 노력해 온 것이리라. 드디어 인정받은 이 찬스를 놓치고 싶지 않은 것도 이해는 갔다.

"파티를 해산하겠어. 너희는 바르칸으로 돌아가. 나는 모험가를 계속할 거야."

그리하여 나는 동료를 잃었다.

파티를 해산하고 앞으로 어떻게 할지 생각하고 있던 어느 날, 또 나를 찾아온 사람이 있었다.

아버지였다.

다시 모험가 길드의 한 방을 빌려 나와 아버지는 마주 앉았다.

"좋아 보이는구나. 활약은 들었다. 나도 자랑스럽구나."

몇 년 만에 보는 아버지의 조금 늙은 얼굴은 쑥스러운

표정을 짓고 있었다.

"아버지도 건강해 보이셔서 다행이에요. 멋대로 집을 뛰쳐나와서 죄송했어요."

나는 다소 긴장해 있었다. 아버지가 이곳에 온 것은 바르칸으로 도로 데려가기 위해서이리라. 무슨 말로 거절해야 좋을지 알 수 없었다.

"편지는 읽었다. 바르칸으로 돌아올 마음은 없는 거냐?"

내가 보낸 답신에는 가독을 사양한다고 썼었다.

"네. 가독은 동생이 이어야 한다고 생각해요."

"그래, 그럼 됐다. 하지만 바르칸에는 돌아왔으면 좋겠구나. 지금 바르칸 주변의 정세는 불안정해. 한 사람이라도 우수한 인재가 필요하다. 대우는 보장한다고 위에서도 말하고 있다."

아버지는 옛날처럼 강압적이지 않고 부드러운 태도로 대해 주셨다. 하지만 그렇게 나오니 도리어 거절하기 어려웠다.

"아뇨, 저는 그러니까……."

"왜 그러느냐? 혹시 좋은 사람이라도 생겼느냐?"

아버지가 이상한 걸 물으셨다. 아니, 이상한 게 아니다. 내 나이를 생각하면 부모로서는 신경 쓰이는 게 당연할지도 모른다.

참고로 그런 사람은 없었다. 나는 나보다 강한 사람과 사귀겠다는 철칙을 관철한 결과 S랭크에 도달하는 바람에 주위에 나보다 강한 사람이란 것은 존재하지 않았다.

그런데 그때 방 게시판에 붙어 있던 종이 한 장이 눈에 들어왔다.

그 종이에 적혀 있는 것은 파룬이 새 비 후보를 모집한다는 내용이었다.

"전 파룬 왕의 비가 되고 싶어요."

정신을 차리고 보니 말도 안 되는 얘기를 하고 있었다.

"파룬 왕의 비?"

아버지는 의아한 표정이다.

"네. 곧 파룬의 왕도에서 새 비를 정하는 선발전이 열릴 예정인데, 저도 거기에 응모했어요."

물론 응모 따위 하지 않았다. 지금 처음 안 내용이다.

"그 이야기는 들었다만……. 어째서 파룬 왕이지?"

아버지는 비 후보 선발전에 대해서 알고 있었던 모양이다. 미간에 깊은 주름이 패였다.

"저보다 강하니까요. 파룬 왕은 자신의 힘으로 왕위를 계승하고, 스탬피드를 진압하고, 카도니아를 병합하고, 도르센 왕국에도 승리했어요. 도르센의 오천위 2명을 한 번에 쓰러뜨렸으니까 그 역량에는 의심의 여지가 없어요. 전 저보다 강한 남자한테 시집가고 싶었거든요. 그러니까 파룬 왕이 이상적이에요."

이것도 거짓말이다. 제아무리 강해도 미치광이 왕이라고 불리는 괴짜하고는 사귀고 싶지 않다.

"몬스터 고기를 먹고, 투기장에서 신하를 학대하고, 왕비 자리를 걸고 비끼리 싸우게 하는 남자가?"

새삼 들으니 파룬 왕은 정말 거지 같은 놈이었다. 여자끼리 싸우게 하다니, 악취미에도 정도가 있다.

하지만 바르칸에는 돌아가고 싶지 않다. 돌아가면 전쟁에 내보내질 것이 뻔하다. 그렇다고 도르센에 가면 배신자 취급을 당하게 된다. 모험가를 계속하고 싶어도 이 굴레에서 벗어나기는 어려우리라. 그러므로 파룬 정도가 좋은 타협점이라는 생각이 들었다. 유명한 투기장이 있다고 하니 거기서 싸워서 먹고 사는 것도 나쁘지 않을지도 모른다.

일단 파룬으로 가서 일이 잠잠해지기를 기다리고 싶었다. 파룬의 비에는 아무런 관심도 없다.

"하지만 아버지. 전 S랭크 모험가가 됐지만 저한테 어울리는 남자는 고랭크 모험가 중에도 없었어요. 이대로라면 전 결혼도 못 해보고 끝날 거예요. 하지만 파룬의 왕이라면 저와 잘 어울릴 거예요."

아버지가 고개를 옆으로 갸우뚱했다.

"……너, 그런 애였냐?"

물론 그런 애가 아니죠. 결혼 상대가 강하면 장땡이라는 그런 생각은 안 한다고요.

"새삼 왜 그러세요, 아버지. 전 어렸을 때부터 저보다 강한 남자랑 사귀고 싶다고 했었잖아요?"

"그러긴 했지만 그 정도로 분별력이 없는 줄은 미처 몰랐는데?"

과연 아버지, 저를 잘 알고 계시는군요. 하지만 지금은 그런 건 아무래도 좋아요. 저는 바르칸이나 도르센의 골치 아픈 문제에 얽히고 싶지 않을 뿐이에요.

처음에는 오천위 따위에 흥미가 있었지만 이제는 아무래도 상관없어요.

"게다가…… 전 여자 중에서는 제일 강하다고 자부하고 있어요. 파룬의 비인 '뇌제'나 '광란의 황녀'한테도 도전해 보고 싶어요."

여자 중에 최강이라는 둥 스스로도 무슨 말을 하고 있는지 알 수 없었지만, 아무튼 아버지가 납득하고 돌아가 주기를 바랐다. '딸은 강함과 사랑에 빠져서 파룬으로 간다'라는 엉터리 같은 스토리를 믿어 주길 바랐다.

"……그래, 알았다."

아버지는 무겁게 고개를 끄덕였다.

정말로? 이런 말에 납득한 거야?

나도 놀랐다.

"같이 파룬에 가자. 네가 어떻게 사는지 이 눈으로 직접 봐야겠다. 나도 파룬이라는 나라에 전부터 흥미가 있었단다."

네? 같이요? 싫은데요! 비가 되고 싶다는 거, 다 거짓말이란 말이에요!

……라는 얘기는 당연히 할 수도 없어서 나는 아버지와 함께 파룬으로 떠나게 되었다.

결국 아버지와 함께 파룬에 가게 되었다. 단, 아버지와 함께 길을 떠나는 것은 처음이라 결코 나쁘지는 않았다.

몇 주일이 걸려 도착한 파룬의 수도는 활기찬 도시였다. 원래 왕도는 규모가 작은 성채 도시였지만 현재는 그 주변에 투기장과 대규모 관람장이 지어지고 그 주변에 여관, 요릿집, 상점 따위가 새로 들어서서 북적거리고 있었다.

원형 투기장은 크고 작은 두 종류가 있다. 층계식으로 된 커다란 관객석이 있는 메인 스타디움에서는 헌드레드 100위까지의 멤버가 랭킹전을 벌이고, 관객석이 적은 서브 스타디움에서는 루키리그라고 해서 랭킹 외 멤버들이 시합을 벌였다. 서브 스타디움에서 올라온 자가 메인 스타디움의 멤버와 승강 결정전을 벌이는 시스템인 듯하다.

먼저 사람이 적어서 들어가기 쉬웠던 서브 스타디움에 들어갔는데, 거기서 시합하는 사람들은 랭킹 외라고는 생각할 수 없는 역량의 소유자들뿐이었다.

"설마 파룬의 전사들이 이렇게까지 강할 줄이야……."

아버지는 시합을 보고 경악했다. 랭킹 외라고는 하나, 타국이라면 전사단의 에이스격이 될 만한 실력자들뿐이다. 모험가라도 B랭크는 되지 싶었다. 기술적으로는 미숙한 면도 보이지만 기초체력이 보통이 아니다.

아마 정찰도 겸하고 있었을 아버지는 홀린 듯이 시합을 구경했다.

얼마 있다가 우리는 메인 스타디움으로 이동했다.

그곳은 구경꾼이며 도박꾼들로 북적북적했는데, 어떤 나라에서도 보지 못한 성황이었다. 투기장 안으로 들어가는 일도 여간 힘들지 않았지만 겨우 사람들을 헤치고 들어갔다.

"이건 뭐지?!"

아버지가 소리치는 것도 당연하다. 거기에 있었던 것은 고레벨의 검기와 마법을 부리고, 때로는 드래곤을 상대로 혼자 싸우는 실력자들의 시합이었다. 루키리그와는 거리가 먼 강함이다.

모험가라면 A랭크 이상은 확정. 랭킹 상위의 전사한테는 나도 이길 수 있을지 의심스럽다.

특히 랭킹 한 자릿수 대는 순 괴물들이다. 일당백이란 이런 것을 두고 하는 말이었다.

그리고 마지막에 등장한 것이 파룬의 왕 마르스였다. 제로스라고도 불린다.

검은 갑옷을 입고 검은 칼날의 장검을 들고 있는 것이 마치 사신 같았다.

제로스는 그날 투기장의 승자 전원을 상대했다. 그 강자들을 단 혼자서. 말이 안 된다.

그러나 제로스의 강함은 차원이 달랐다. 검을 한 번 휘두르면 대기가 갈라지는 듯한 착각이 들었다. 한 발 내딛으면 대지가 진동했다. 이미 인간이 아니다.

이 인간의 차원을 넘은 남자를 상대하는 것이다. 확실히 랭킹 상위가 아니면 살아남기도 힘들리라. 말도 안 되는 실력의 소유자였다.

뭐야, 저 남자는? 정말 같은 인간 맞아? 마왕 같은 거 아니야?

"파룬과는 싸우면 안 되겠어. 절대로."

혼잣말처럼 아버지는 중얼거렸다.

당연하다. 아무리 머릿수로 이겨봤자 개개인의 강함이 천지 차이다. 10배의 인원을 갖춘들 그 병력 차는 간단히 뒤집힐 것이 틀림없다.

특히 제로스는 위험하다. 혼자서 일개 군대를 상대할 수 있는 강함이다. 전쟁의 승리 조건이 왕을 쓰러뜨리는 것이라면 사실상 파룬은 무적이리라.

나도 적지 않은 충격을 받았다. S랭크 모험가로서 최강까지는 아니어도 그에 가까운 레벨이라고는 생각했었다. 그 자신감이 완전히 짓밟혔다.

"도르센은 질 만해서 진 거군요."

지크문트가 전력을 모으기 위해 동분서주하는 이유를 알 것 같았다. 확실히 도르센을 둘러싼 정세는 긴박하지만, 그 이상으로 파룬과 인접해 있다는 사실이 두려운 것이리라. 이런 전력을 가진 나라가 바로 가까이에 있다면 얼마나 불안하겠는가.

"그 도르센은 황녀를 바쳐서 파룬과 우호관계를 맺었다. 도르센과 전쟁이 벌어지면 파룬까지 적으로 돌리게 될지도 몰라."

현재 도르센과 적대 중인 바르칸을 생각하고 아버지는 신음했다.

도르센이 황녀를 측실로 파룬 왕에게 시집보낸 것은 왕국 안팎으로부터 굴욕외교라고 야유받았지만, 이건 도르센 왕의 판단이 옳았던 것 같다.

단, 도르센 입장에서도 파룬에 쉽게 원군을 청하고 싶지는 않으리라. 늑대가 무서워서 용을 끌어들이는 꼴이 될지도 모른다. 헌드레드는 그 정도로 위협적이었다.

다음 날, 이번에는 관람장……이라기보다는 규모만으로 보면 하나의 도시조차 능가하는 거대한 시설에 들어갔다. 입장료는 나름 비쌌지만 가족 단위 손님이 많고, 이곳도 성황인 듯하다.

안은 몬스터 전시장이다.

우리에 갇혀 있는 것, 입장객과의 사이에 커다란 울타리가 만들어져 있는 것 등 몬스터에 따라서 관리 방법이 다양했다. 킬러 래빗부터 시작해 그레이트 바질리스크, 레드

본, 블랙 베어, 화이트 타이거, 위울프, 어스 드래곤, 와이번 등등. 용케 이렇게까지 갖췄구나 하고 감탄했다.

이곳에서 아버지는 신기한 듯 몬스터들을 구경했다. 아버지도 몬스터 토벌 경험은 있지만 그 빈도가 적어서 아는 몬스터의 수도 적었던 모양이다.

어떻게 했는지는 몰라도 몬스터들로부터 적의가 느껴지지 않는다. 만일에 대비해 아마 헌드레드 소속일 덩치 큰 안전요원들이 배치되어 있었지만, 몬스터들은 난생처음 본다 싶을 정도로 얌전했다.

"왜 이렇게 얌전한 거지?"

결국 생각이 입 밖으로 나오고 말았다.

"그건 잘 먹이고 있기 때문이죠."

내 혼잣말에 대답한 것은 작은 흑발의 여자였다. 얼핏 소녀처럼 보이지만 비상한 눈빛이 그렇지 않다고 가르쳐 주고 있었다.

그리고 그 이전에 기척을 전혀 느끼지 못했다.

'누구지?'

내 손이 등 뒤의 검자루를 찾고 있을 때, 아버지가 여자의 말에 반응했다.

"잘 먹이면 얌전해지나?"

아버지는 여자의 비상함을 알아보지 못한 모양이다. 아마 평범한 소녀라 기척을 놓친 거라고 생각하는 것이리라.

"네. 적절한 먹이를 주고 적절한 환경을 준비해 주면 몬스터도 만족해서 사람을 덮치지 않아요."

그럴 리 없다. 몬스터는 동물과는 다르다. 고작 먹이를 주는 정도로 사육할 수 있는 존재가 아니다.

나는 여자에게 경계를 풀지 않고 검자루를 쥐었다. 그러나 그때 시선을 느꼈다. 아까까지는 인간한테 전혀 관심이 없었던 몬스터들이 일제히 나를 쳐다보고 있었다.

'이 여자를 지키려는 건가?'

시험 삼아 천천히 검자루에서 손을 떼자 몬스터들은 흥미를 잃은 듯이 다시 나에게서 시선을 돌렸다.

몸속에서 식은땀이 솟아나는 것을 느꼈다. 뭐지, 이 여자?

흑발의 여자는 정중한 태도로 아버지에게 시설에 관해 설명하고 있었다. 내 경계를 눈치챈 것 같지도 않다.

"너, 이름을 물어도 될까?"

대강 설명을 마친 여자에게 나는 물었다.

"키리라고 해요. 폐하로부터 이곳의 관리를 위임받은 사람이죠."

키리라고 밝힌 여자가 웃는 얼굴로 대답했다.

"두 분은 가라이 님과 실라 님이시죠?"

"……어떻게 그 이름을?"

"두 분 다 두 자루의 검을 갖고 계시니까요. 쌍검이라고 하면 바르칸의 칠성검 가라이 님과 S랭크 모험가 실라 님의 이름을 떠올리지 않는 자가 없죠. 고명하시니까요."

"호오, 내 이름도 알고 있나? 최근에는 딸에게 이름을 물려준 거나 다름없는데.”

아버지는 흐뭇한 표정을 했다. 자신과 나에 대해 알고 있는 키리에게 호감을 느낀 모양이다.

그러나 나는 경계를 풀 수 없다. 이 키리인지 뭔지는 우리의 정체를 알고 접근한 것이 틀림없다.

“항간에서는 화제랍니다? 쌍검으로 이름난 실라 님이 비 후보 선발전에 나오신다고. 제일 유력한 우승 후보라고들 말하고 있어요.”

……화제라, 그렇군.

순간 맥이 풀렸다. 별로 화제가 되고 싶진 않았다.

아버지는 내가 우승 후보라는 말에 기쁜 듯했다.

키리와 몇 마디 더 나눈 뒤 천천히 그 자리를 떠났다.

“참 볼 만했어.”

한나절 동안 시설을 둘러본 아버지는 만족스러워하셨다. 나도 처음에는 몬스터를 자세히 관찰할 좋은 기회라고 생각했지만 도중부터 불안해졌다.

‘이렇게까지 몬스터를 잘 길들였다는 건 몬스터를 전력으로 삼는 것도 가능하다는 소리 아닐까?’

파룬은 마수의 숲에 인접해서 몬스터는 얼마든지 구할 수 있는 환경에 있다. 그런 나라가 몬스터를 자유자재로 다룰 수 있다면 막강한 전력이 될 수 있다.

그렇다면 파룬은 헌드레드와 몬스터라는 강력한 두 개

의 군단을 보유하고 있는 셈이다.

키리의 존재도 거슬렸다. 몬스터를 통솔하고 있는 것은 그 정체 모를 여자가 틀림없다.

파룬이라는 나라는 앞으로 어떻게 되고 싶은 걸까?

나는 그것이 신경 쓰였다.

다음 날, 드디어 비 후보 선발전이 시작되었다. 대회장은 투기장 메인 스타디움이다.

아버지가 객석에서 지켜보는 가운데, 도망칠 곳이 없어진 나는 다른 비 후보들과 함께 투기장에 입장했다.

눈앞을 걷는 사람은 현상금이 걸린 스카페이스, 미네르바다.

'왜 지명수배자가 당당하게 비 후보에 입후보되어 있는 거지? 이 자리에서 이 여자를 붙잡으면 금화 1천 닢이 생기잖아?'

그렇게 생각하고 유심히 관찰했지만, 그러고 보니 비 후보 조건에 '전과, 전력 불문'이라고 되어 있었던 것이 떠올랐다. 실력주의에도 정도가 있거늘.

자세히 보니 염호용병단의 레이아, 단검의 샤리 등 걸물들이다.

소문에 의하면 미네르바 같은 인물들도 나처럼 각국으

로부터 권유를 받았다고 한다.

그것으로부터 도망치기 위해 파룬으로 도망쳐 와 비의 자리를 노리고 있는 것이리라. 뻔뻔하기는. ……뭐, 남 말 할 처지는 아니지만.

참고로 선발전의 내용은 대략 예상한 대로 비 후보자들 끼리 싸워서 승자가 올라가는 토너먼트 형식이었다.

그런 형식으로 비를 뽑는다니 전대미문이리라. 이 나라 에서는 판단 기준이 강하냐 약하냐밖에 없는 것이다. 발상 이 인간보다는 오크에 가깝다.

나로서는 일찌감치 패하고 싶었지만, 그럴 경우 아버지 손에 바르칸으로 끌려가는 미래밖에 없기 때문에 일단 전 력으로 임했다.

그리고 결승까지 올라가 무지막지하게 강한 흰 가면의 여자에게 패했다. 그렇게까지 만신창이로 당한 것은 태어 나서 처음이었다.

나중에 안 것이지만, 검성 적귀 카산드라였다고 한다.

그 전설의 버서커다. 이길 수 있을 리가 없다.

단, 준우승에다 충분히 실력이 있다는 점도 인정되어 넷 째 비로 뽑히고 말았다.

아버지는 의외로 기뻐해 주셨다.

"네가 파룬 왕에게 시집가면 바르칸과 파룬 사이에 우호 관계가 맺어질지도 모른다"라는 것이다.

이번에 파룬이라는 위협을 알고서, 아버지는 어떻게든

파룬과 바르칸 사이에 관계를 맺어 놓아야겠다고 생각했던 모양이다.

아니, 나한테 그런 역할을 기대하는 건 곤란한데. 곤란하지만, 뭐 선처하는 수밖에. 일단 바르칸은 조국이니까.

남편이 된 파룬 왕 마르스로 말할 것 같으면, 그 강함은 투기장에서 이미 알았지만 사생활에서도 무시무시한 남자였다. 이유는 말하지 않겠다. 당분간은 셋째 비가 된 카산드라가 상대해 준다고 해서 참으로 고마웠다.

참고로 식사는 삼시 세끼 몬스터 고기다.

이런 나라에 오는 게 아니었다…….

몬스터고기를 먹고 있었더니 왕위에 오른 건

EAT or DIE

Chapter.3

VIOLENCE SOLVES EVERYTHING

XIV ◆ 도르센의 정변

비 후보 선발전으로부터 약 1년이 지났다.

그로부터 얼마 안 있어서 카밀라는 무사히 사내아이를 출산했고, 카산드라도 회임했다.

나는 두 아이의 아버지가 되었고, 곧 셋째가 태어날 예정이다.

그건 좋다. 내가 불우했기 때문에 아이들은 나름 사랑으로 키울 생각이다.

하지만, 하지만. 이건 기회이기도 하다. 맛있는 고기를 먹기 위한.

파룬 국내에서는 이제 어디를 가도 고기 요리를 내어 주지 않는다. 국민들은 일치단결해서 나에게 몬스터의 날고기만 먹이려고 한다. 이 작자들을 왕을 뭐라고 생각하는 걸까?

단, 잘 생각해 보면 고기 요리를 만든 자브로는 도르센 출신.

즉 바로 도르센이 파룬에서 유행하는 고기 요리의 본고장인 셈이다.

그렇다면 그 본고장으로 먹으러 가면 되지 않는가. 도르센은 타국이다.

내가 파룬 왕이라는 것이 들통나더라도 요리를 먹여 주지 않는 폭거를 일으키지는 않을 것이다.

막달을 맞이한 카산드라도 지금은 자유롭게 움직이지 못하니 나를 따라와서 도로 데려오는 짓은 못할 것이다.

프라우는 출산 후 아이를 돌보느라 정신없다. 아들 아서는 프라우 이상으로 마법에 재능이 있다고 한다. 그래서 나한테 신경 쓸 겨를이 없으니 아마 문제없을 터다.

카밀라는 프라우 이상으로 아이에게 열심이다. 프라우를 공경하는 한편, 대항 의식도 불태우고 있는 것처럼 보인다. 더 이상 나한테는 관심이 없다. 왠지 서운하다.

그런 연유로, 내가 도르센에 가더라도 붙잡으러 올 상대는 없을 것이다. 오그마 같은 사람이라면 가차 없이 쫓아 버리면 그만이고.

〈중앙에서 움직임이 있는 듯하니 동태를 살피러 다녀 오겠다〉

라는 메모를 남기고 나는 도르센으로 가기로 했다. 중앙이라고 얼버무린 것은 너무 분명하게 목적지를 밝히면 잡으러 올지도 모르기 때문이다.

어차피 파룬에 있어 봤자 투기장에서 싸우는 것밖에 일이 없고, 정치는 가마라스가 대신해주니 내가 없어도 큰 문제는 안 된다.

215

그건 그것대로 왕으로서 어떤가 싶지만……

옛날처럼 내 방에 있는 비밀 통로를 이용해서 한밤중에 마수의 숲으로 나갔다.

그러나 왕성 부근 숲은 한창 개발 중이라, 나온 장소에서는 몬스터 관람장도 보인다.

많이 바뀌었네, 하는 감상에 젖으면서 나는 달렸다.

지금의 나는 달리면 말보다도 월등히 빠르다. 그런 모습을 들켜서 소란이 벌어지는 것도 싫어서 어두울 때 최대한 이동해 두고 싶었다.

잘하면 정오쯤에는 도르센에 당도할 것이다.

가도를 나는 듯이 달린 덕분에 예상대로 정오경에는 도르센의 왕도 베르세에 당도했다. 그런데 분위기가 이상하다. 문이 닫혀 있어서 안으로 들어갈 수 없는 것이다.

마찬가지로 문 앞에서 상당한 숫자의 사람들이 발이 묶여 있었는데, 그중 상인으로 보이는 남자가 삐기는 얼굴로 말했다.

"베르세에서 소동이 일어나 안에 들어갈 수 없다"라나.

소동이라. 별로 상관없는데. 이런 성벽쯤 넘어버리면 그만이고.

그러나 문으로 들어가지 않는 건 범죄행위이므로 최대한 남들 눈에 띄지 않는 장소를 찾아서 들어가야 한다. 나는 성벽 외측을 빙 돌아서 서문 근처가 제일 한적하다는 것을 알아냈다. 위병의 모습도 없길래 그곳을 넘어서 베르세로 들어갔다.

고기에 대한 기대감이 높아진다.

그러나 거리는 조용했다. 죽 늘어선 건물 자체는 파룬보다 더 다양하고 색채감이 있어서 중앙의 세련된 문화를 느끼게 했지만, 숨죽인 듯 아무도 밖에 나와 있지 않다.

중앙의 도시라 더 북적거릴 거라고 생각했기 때문에 뜻밖이었다. 어렸을 때 외교행사로 한 번 온 적이 있는데 그때는 더 활기가 있었던 것 같다.

한참 바쁠 점심시간인데 요리를 제공하는 가게도 열려 있지 않다. 고기 그림이 그려진 간판이 걸려 있는데 문은 굳게 닫혀 있었다.

뭐지 이건? 나 놀리는 건가?

어젯밤부터 한달음에 달려온 데다 아무것도 먹지 못해서 지금 예민합니다만?

그쪽이 그렇게 나온다면 나도 생각이 있다. 도르센 왕하고는 면식도 있고 내 형님이기도 하다. 귀여운 매제가 왔다는 것을 알면 식사 한 끼 정도는 대접해 주리라.

몇 년 전에 열린 왕비결정전 후로는 마치 사람이 바뀐 것처럼 친근하게 대해 주니 분명 나에 대한 인상도 상당히 좋을 터다.

몬스터의 날고기밖에 주지 않는 파룬의 성과는 다르게 도르센 성에서는 아주 좋은 요리가 나올 것이 틀림없다. 거기다 공짜다.

그렇게 생각하고 성 쪽을 봤더니, 점심으로 먹을 고기라도 굽고 있는지 연기가 몇 줄기나 피어오르고 있다.

나는 기대감에 가슴이 부풀어 성을 향해 달렸다.

성 가까이 와서 보니 난리가 벌어져 있었다.

함성과 함께 검끼리 부딪치는 요란한 금속음이 사방을 울리고, 마법에 의한 폭발음이 거기에 악센트를 주고 있다.

구체적으로 말하면 대규모 전투 중이다.

응? 실화인가? 기껏 왔더니 전쟁 중?

……어쩌지? 못 본 걸로 하고 돌아갈까.

아무리 봐도 공격하는 쪽이 우세해서 이대로라면 도르센 왕 측의 패배가 명백하다.

일단 형님이니 못 본 척했다간 카밀라에게 혼날 것 같다.

어쩔 수 없으니 도와주러 갈까.

다치기는 싫으니 만일을 위해 갑옷은 착용한다. 검은 갑옷을 가져온 것은 아니다.

새로 몸에 새긴 마술 각인에 호응해서, 내가 원할 때 애용하는 검은 갑옷이 장비 상태로 전송되는 것이다.

프라우가 데려온 마도사가 고안해 낸 각인이다.

본디 각인은 검이나 갑옷에 부여함으로써 성능을 올리는 것인데, 그것을 인간에게도 적용하려던 바보가 있었던 것이다. 사람한테 각인을 새기려고 했던 그놈은 즉시 나라에서 추방되었다. 그 인륜을 저버린 마도사가 흘러든 곳이 파룬이고, 그 실험대가 된 것이 나다. 이유는 간단하다. 제일 튼튼해 보여서.

  ……그 자식들은 대체 왕을 뭐라고 생각하는 걸까?

  튼튼하기로는 정평 난 카산드라한테 떠넘길까도 싶었지만 그녀는 쓸데없이 튼튼해서 갑옷을 입는 습관이 없었기 때문에,

  "그런 거 필요 없어."

  하고 단칼에 거절당했다.

  그래서 결국 내가 실험대가 된 것이다. 그 멍청이 마도사는 신이 나서 검은 갑옷과 내 몸에 한 쌍의 마술 각인을 넣었다.

  각인은 무지막지하게 아팠지만 결과적으로 편리해졌다. 원할 때 갑옷이 탈착 가능해졌으니까.

  그런 연유로, 그 각인에 의식적으로 마력을 흘려 넣었다. 몸이 흰 빛에 휩싸인다. 마법에 의한 전이 술식이 발동된 것이다. 그 빛이 사라짐과 동시에 몸에 갑옷이 장착된 상태가 되었다. 거꾸로 장비된 갑옷을 정해진 위치로 돌려 놓는 것도 가능하다.

  결점은 마술 각인이 죽을 만큼 아프다는 것 정도일 것

이다. 아마 보통 사람은 아파서 진짜로 죽을지도 모른다.

아무튼 준비가 되었으니 진짜 성으로 돌입이다.

성문에 가까워질수록 수많은 병사들에게 둘러싸였다. 반란군은 친절하게도 팔에 붉은 완장을 차고 있어서 분간이 쉬웠다.

"누구냐!" 하는 목소리를 무시하고 반란군 병사들을 파동으로 싹쓸이하면서 전진했다.

검기……라기보다는 체기(體技)라고 할 수 있는데, 손바닥에 마력을 담아 파동으로 만들어 상대에게 닿기만 해도 강렬한 타격이 된다. '어스 브레이크'를 검이 아니라 손으로 하는 느낌이다.

그건 그렇고 다들 약하다. 병사들뿐만 아니라 기사 레벨도 낮다. 평소 투기장에서 싸우는 헌드레드 놈들과 비교하면 천양지차다.

내 진로를 막는 데 있어 반란군은 잡초 정도의 역할밖에 안 됐다.

왕이 있는 곳이라면 당연히 옥좌가 있는 홀인데, 이미 그곳까지 반란군에게 점령된 듯하다. 입구에 설치되어 있던 호화로운 문은 폭력적인 방법으로 침입당한 흔적을 남긴 채 열려 있었다.

입구를 막고 있던 기사 두 사람에게 각각 손을 갖다 대어 방 안으로 날려보내고 안으로 밀고 들어간다. 직접 검을 들고 싸우고 있는 도르센 왕의 모습이 보였다. 옆구리를 부여잡고 있는데 출혈량이 상당하다.

큰일이다. 생각보다 사태가 심각하다.

"누구냐?!"

홀을 점령한 반란군의 기사들이 일제히 달려들었다.

어느 정도는 실력이 있어 보인다. 잡목림 정도의 울창함은 있을지도 모르겠다.

나는 검을 뽑아 들고 가볍게 발을 내디뎠다. 부드럽게 스텝을 밟듯이. 그것으로 충분했다.

낮게 기듯이 날아서 적의 기사와의 거리를 일순간에 소멸시키고 검을 휘둘렀다.

검으로 받아넘기려다 미처 받아넘기지 못해 검이 파괴되어 넋이 나간 기사를 비스듬히 베었다. 다음은 방패로 받으려던 중장기사의 배후로 순식간에 돌아가 등 뒤에서 칼을 꽂았다. 달려들어 베려고 검을 치켜든 기사의 몸뚱이를 그었다. 다음으로는 뒤로 물러나려던 상대보다 더 빨리 거리를 좁혀들어가 절망하는 표정을 지은 그 목을 뎅강 쳐냈다. 마지막에는 도망치려고 등을 보인 상대의 앞을 가로막고서 그 넋 나간 얼굴을 순식간에 머리에서 분리시켰다. 이것을 조금 반복했다.

10명이라 10초 정도 걸렸다. 나한테 1명당 1초나 쓰게 했으니 적이지만 잘 싸운 편이라고 생각한다.

그러나 어째서 이 정도 실력으로 싸울 생각을 했는지 통

이해가 안 간다.

그 정도 실력이면 평화나 누리고 있으면 좋을 텐데. 어째서 그 이상에 욕심을 내는지. 그게 얼마나 사치스러운 일인지 모르고 있다.

맛있는 요리도 실컷 먹을 수 있을 텐데. 가족이나 친구들과 웃으며 지낼 수 있었을 텐데.

아아, 정말이지 평범한 삶이 부럽다. 대단한 힘도 없으면서 그런 인생을 포기하고 싸우는 놈들의 심리를 알 수 없다.

어느새 홀의 시선이 나에게 집중되어 있었다. 도르센 왕도 그 상대를 하고 있던 남자도 손을 멈춘 채 나를 보고 있다.

……좀 지나쳤는지도 모르겠다. 독 반지도 중력 팔찌도 장착한 상태지만, 서 있는 적의 숫자는 아마 내가 홀에 들어왔을 때보다 절반 이하로 줄었다. 도우러 온 것뿐인데 오랜만의 실전이라 힘이 너무 들어간 듯하다.

"……제로스 왕, 나를 도우러 온 것이오?"

도르센 왕이 헐떡거리면서 말했다. 도저히 "실은 고기 요리를 먹으러 왔습니다"라고 말할 수 있는 분위기가 아니라 일단 고개를 끄덕인다.

"제로스 왕?! 파룬의 왕이 왜 여기에!"

도르센 왕과 검을 겨루고 있던 기사가 내 정체를 알고

경악한다.

"그걸 말할 생각은 없다."

한숨을 내쉬었다. 별로 내키지 않는 말을 해야 한다.

"유감이지만 내가 이곳에 온 이유는 비밀이다."

홀에 있는 적들을 모조리 쓰러뜨린 뒤, 나는 도르센 왕을 부축해서 성을 탈출했다.

지금은 숲을 빠져나가는 중이다. 도르센 왕은 옆구리에서 피를 흘리고 있는데, 이 정도 부상으로 죽지는 않는다……고 생각하고 싶다. 헌드레드 놈들이라면 자연치유로 고칠 수 있는 레벨이다. 게다가 나는 회복 마법도 쓸 줄모르고, 반란군에게 대부분 제압당한 베르세에서 어디로데려가야 상처를 치료할 수 있는지 몰랐다. 파룬으로 돌아가서 루이다에게 치료받는 수밖에 없다.

"……멈춰라."

도르센 왕이 가느다란 목소리로 말했다. 나는 주위에 적이 없다는 것을 확인한 후 발을 멈췄다. 그리고 천천히 땅바닥에 도르센 왕을 눕혔다.

"나는 이미 틀렸다."

그 얼굴은 창백했다.

"어차피 타국의 왕의 도움을 받는대서야 왕으로서도 죽

은 거나 다름없다. 너도 도르센을 차지할 목적으로 나를 도우러 온 거겠지?"

나는 고개를 옆으로 저었다. 고기 요리를 먹으러 왔을 뿐이었지만 그런 말을 할 분위기가 아니다.

"훗, 알다가도 모를 남자군, 너는."

도르센 왕은 힘없는 동작으로 자신의 손가락에서 커다란 보석이 박힌 반지를 뺐다.

"이걸 주지. 도르센의 왕이라는 증표다."

푸르게 빛나는 그 보석은 마력을 띠고 있었다. 마석일 텐데, 이 크기에 이 순도라면 상당한 가치가 있다.

"카밀라의 출산 선물이다. 그 녀석의 아이라면 도르센을 이을 자격이 있어. 내 자식들은 살아 있지 않을 거야. 알랭에게는 못 넘겨."

알랭? 분명 카밀라의 형제 중에 그런 이름의 인물이 있었을 터다.

"……카밀라를 부탁한다. 그래 봬도 귀여운 여동생이었던 적도 있었어."

도르센 왕의 동공이 열리고, 허공을 응시했다.

──완전히 죽어 버린 듯하다. 이래서는 루이다가 치유해도 이미 늦다. 뭐라 형언할 수 없는 기분이다. 좋지도 싫지도 않았지만 적어도 적은 아니었던 사람이 눈앞에서 죽는 것은 처음이었다.

나는 '어스 브레이크'를 지면에 날려서 커다란 구덩이를 만들고 그 안에 도르센 왕의 시체를 내려놓은 다음, 주변으로 파여나간 흙으로 묻었다.

이걸로 됐다. 도르센 왕도 파룬에서 매장되기보다는 고국의 대지에서 잠들기를 원하리라. 인간은 죽으면 끝이다. 왕치고는 간소한 무덤일지도 모르지만, 호화롭게 한다고 무엇을 보상받는 것은 아니다. 나도 왕자 시절에 암살당했다면 나름 호화로운 무덤이 준비되었겠지만, 그런 것에 의미는 없었으리라.

나는 그곳을 뒤로하고 파룬으로 돌아갔다.

성으로 돌아온 것은 밤 깊은 시각이었지만 왠지 모두 일어나서 기다리고 있었다.

"폐하! 이런 시간까지 대체 어디에 다녀오신 겁니까!"

가마라스가 새파란 얼굴로 한달음에 달려왔다.

"큰일 났습니다! 도르센에서 정변이 일어났습니다!"

알고 있다. 오늘 현지에서 보고 왔다.

"왕의 남동생인 알랭 경이 오천위 2인자인 란돌프 경을 끌어들이고 자기 생모의 모국인 이리스 왕국을 등에 업고서 쿠데타를 일으켰습니다!"

그렇군, 반란을 일으킨 것이 알랭이라는 놈이었군. 그래서 국왕의 증표를 넘기지 않겠다고 한 거구나.

"파룬에 패하여 구심력이 저하되어 있던 도르센 왕을 배신하고 알랭 경에게 붙은 귀족들도 많았던 모양입니다!"

응? 혹시 반란이 일어난 게 나 때문인 거야? 기분 나쁜 땀이 흘렀다.

"오천위의 필두인 지크문트 경은 같은 시기에 쳐들어온 바르칸의 군세와 싸우는 바람에 도와주러 오지 못한 모양입니다. 아마 바르칸도 이번 내란에 가담한 게 아닐까 싶습니다. 오늘 오후에 왕도가 함락된 듯한데, 도르센 왕은 소식 불명입니다."

아까 묻고 왔다고는 입이 찢어져도 말할 수 없다.

"이번 일은 묵과할 수 없어요."

가신들이 한자리에 모인 가운데 카밀라가 단호하게 말했다.

"전 파룬에 시집왔지만 한때는 도르센 왕에게 충성을 맹세한 몸. 네, 결코 용서할 수 없는 야만적인 행위예요."

그런 말을 하는 것치고는 명백히 카밀라에게 노기가 없다. 오히려 기뻐하고 있는 것처럼 보이기조차 한다.

"저와 팰리스 기사단은 도르센으로 가서 오빠를 돕고 싶어요. 폐하, 괜찮죠?"

괜찮지 않다. 이미 죽었고. 그러나 오빠인 왕을 돕고 싶다는 말을 일언지하에 거절할 수는 없다. 하는 수 없이 유품인 반지를 주기로 했다.

나는 품속에서 도르센 왕에게서 받은 반지를 꺼내어 카

밀라에게 쓱 건넸다.

"폐하! 이건 도르센 왕의 증표인 반지! 대체 어디서?!"

"……미안. 내가 갔을 때는 이미 늦었다."

사실은 고기를 먹으러 갔을 뿐이지만 쓸데없는 말은 빼 놓는다.

아무튼 생사가 밝혀졌으니 도르센에 가는 것은 그만둬.

"설마?! 성을 비우신 건 도르센에 가 계셨기 때문입니 까?! '중앙에서 움직임이 있다'는 건 도르센의 일?!"

크롬이 경악한다. 좀 다르지만 일단 고개를 끄덕였다.

"설마……."

"역시 폐하."

"어디까지 내다보고 계신 건지, 이분은……."

가신들이 술렁거린다. 카밀라도 눈을 크게 뜨고 나를 보고 있었다.

점점 더 사실을 말하기 어려워진다.

"감사합니다, 폐하!"

카밀라가 입꼬리를 일그러뜨렸다. 그것은 육식 짐승을 연상시키는 웃음이었다.

"이로써 대의명분이 저희에게 있다는 것이 명백해졌습 니다. 오빠가 폐하께 반지를 줬다는 것은 차기 도르센 왕 으로 레온을 지명했다는 뜻입니다!"

응? 출산 선물이라고 했다만?

"도르센을 폐하의 손에! 이건 정당한 싸움입니다!"

카밀라가 가신들을 돌아보며 오른손을 치켜들었다.

"우오——옷!"

오그마 일행이 포효한다.

응? 도우러 갈 필요가 없어졌으니까 싸우지 않아도 되지 않아?

구실이 바뀌었을 뿐, 전쟁하는 데는 변함이 없는 거야?

딱히 도르센 같은 거 필요 없습니다만?

오그마처럼 혈기왕성한 놈들만이 아니다. 가마라스 같은 온건파의 표정에도 의욕이 넘쳤다. 요컨대 가신 전원이 의욕 충만인 것이다.

"……팰리스 기사단만으로 괜찮겠나?"

팰리스 기사단은 비 후보 선발전의 출전자를 중심으로 모은 약 30명의 여성으로만 구성된 기사단인데, 그 밑에는 미네르바의 도적단, 레이아의 염호용병단, 샤리가 데려온 어쌔신들이 있고, 그들을 합치면 도합 100명이 넘는다.

그러나 그래 봤자 고작 100명. 전쟁을 하기에는 턱없이 부족하다. 아무리 상대가 약해도 정도라는 게 있다. 그러니까 단념해 주지 않을래?

"걱정해 주셔서 고맙습니다, 폐하. 그럼 헌드레드로부터도 사람을 빌려왔으면 합니다."

그런 뜻이 아니었습니다만?!

"내가 희망자를 모집하지."

오그마가 즉시 대답했다. 아마 자기도 갈 심산이리라. 오그마 일행이 간다면 전력적으로는 문제가 없어져 버린다. 전쟁은 피할 수 없는 건가?

"폐하, 가령, 가령 말인데."

카밀라가 잔인무도한 미소를 짓고 있다.

"제가 오빠 알랭에게 승리했을 경우에는 차기 도르센 왕을 제 아들 레온으로 하고 싶습니다만, 어떠신지요?"

그 자리에 있는 신하들 사이에 웅성거림이 번졌다. 그러나 그것은 긍정적인 웅성거림이다. 내가 직접 병합해서 다스리는 게 아니라 도르센의 핏줄을 이은 레온이 왕이 되는 편이 통치하기 수월할 거라고 생각하는 것이리라.

아마도 이 자리에 모인 전원이 그것을 바라고 있었다.

모두가 나를 기대에 찬 눈으로 보고 있다.

"좋다."

어려서 누구에게도 기대받지 못했던 나는 그것을 저버릴 수 없었다.

"아직 전 국왕을 못 찾았나!"

새로 도르센 왕이 된 알랭은 초조했다.

자신이 일으킨 쿠데타는 성공했다. 귀족들은 대부분 자신의 밑으로 들어왔다. 이리스 왕국과 바르칸 왕국이 뒤를 받치고 있다. 반석처럼 단단한 체제로 보이지만 아직 형인

전 국왕이 행방불명이었다.

지금 자신이 있는 홀에서 한때는 수세에 몰렸다고 하는데, 돌입시킨 정예 기사단이 전멸하는 바람에 놓쳐 버렸다.

어떻게 한 건지는 몰라도 아마 지크문트 이외에도 강력한 전사를 부하로서 숨겨 놓았던 것이리라. 실제 성에서 벌어진 전투에서 정체불명의 검은 기사의 모습이 아군과 적군 양쪽에게 확인되었다. 최근 실력 있는 모험가들에게 권유를 한 바 있으니, 그자가 전 국왕의 비장의 카드였음은 부정할 수 없다.

그러나 혈통을 중시하지 않는 그런 방식이 많은 귀족들의 불만을 증폭시킨 요인이기도 했다. 도르센은 전통 있는 국가다. 수단을 가리지 않고 전력을 모으는 것은 좋지 않다.

결국 형은 국왕에 어울리는 인물이 아니었던 것이다.

자신이야말로 도르센의 국왕이 될 만하다. 이제 전 국왕의 존재는 위협이 아니었지만 국왕의 증표인 반지만은 무슨 수를 써서라도 손에 넣고 싶었다. 그것이 전통에 따른 방식이었기 때문이다.

그때 란돌프가 들어왔다. 오천위의 2인자. 공작 가문의 차남이라는 확실한 핏줄을 물려받은 자이자 체격과 재능도 타고난 도르센이 자랑하는 최강의 기사이다. 지크문트는 외지인에 불과하다.

"알랭 님, 파룬이 거병했습니다. 적장은 카밀라 님. 그 수는 200명 정도로 보입니다."

보고한 란돌프는 비웃고 있었다. 아무리 뭐래도 숫자가 적다. 그것을 비웃고 있는 것이리라. 소수 정예에도 정도가 있는 법이다.

"흠, 파룬 왕을 꾀어서 도르센을 차지하러 온 것인가, 카밀라."

옥좌에 앉아 있던 알랭은 자신의 머리카락을 손가락으로 돌돌 말고 있었다. 그 색깔은 도르센 왕가의 특징인 보라색이 아니라 이리스 왕가 계통인 금발이다.

알랭은 이 머리색 때문에 자신은 왕이 될 수 없다고 생각했었다.

도르센 왕이 된 형도 군대를 일으킨 카밀라도 보라색 머리카락이었다.

"2000명이면 충분하겠나, 란돌프?"

"네, 문제없습니다."

상대 병력의 10배다. 그중에는 란돌프 자신이 훈련시킨 직속부대도 포함되어 있다. 질적으로도 흠잡을 데가 없으니 패배할 리가 없었다.

"그럼 다녀오도록. 카밀라는 죽여도 된다. 그년은 생포하기엔 까다로운 상대거든."

카밀라는 오천위의 일원이었다. 그 힘은 얕잡아볼 수 없다.

"알고 있습니다. 그 임무, 반드시 완수해 보이겠습니다."

도르센의 왕도로 향하는 카밀라는 국경을 간단히 돌파
했다.

본디 국경에 배치된 병사도 적은 데다 그 수장이 쿠데타
를 일으킨 알랭에게 붙은 것도 아니어서 역적 토벌을 선언
한 카밀라를 통과시키는 쪽을 선택했던 것이다.

'뭐, 강제로 통과하는 편이 빨랐겠지만 내 자식이 도르센
왕이 될 거니까 악평은 적을수록 좋지.'

카밀라는 내심 자신의 아들이 도르센 왕이 될 거라고 확
정짓고 있었다. 지금의 자신에게는, 아니 파룬에는 그만한
힘이 있다.

남편인 마르스는 사생활에서는 지극히 평범해서 항간에
서 쑥덕거리는 만큼의 야심은 느낄 수 없었지만, 그런 한
편 힘을 착실히 비축하고 있었다.

'헌드레드, 언니의 마도사단, 몬스터 군단, 그리고 검성.
이 정도나 갖추고 있으면서 왕으로서 아무것도 하지 않는
다는 선택지는 없겠지.'

카밀라는 마르스가 싫지 않았다. 오히려 이런 온화한 기
질의 남자가 자신에게는 더 맞을지도 모른다고 지금은 생
각하고 있다.

그러나 남편은 이질적일 정도로 강하고, 그 주변에는 강

자들이 우글댔다. 모두 힘을 추구해서 모여든 자들이다. 그들이 결국 추구하는 것은 처음부터 정해져 있었던 것이다.

'세계를 차지하는 거겠죠. 그런 운명인 거예요, 당신은.'

저 멀리 전개되어 있는 적군의 모습을 카밀라는 확인했다.

'이 싸움은 그것을 위한 첫걸음.'

카밀라는 흥분해 있었다. 자신은 강해졌다. 파룬에 오기 전보다 훨씬 더.

그 힘을 발휘할 기회가 온 것이다. 흥분되지 않을 수가 없었다.

결국, 힘이란 싸움을 부르는 것이다.

란돌프는 2천 장병 앞에 서 있었다.

오천위로서 몸소 선봉에 서는 것이 중요하다고 생각했기 때문이다.

대치한 파룬 군에서는 카밀라가 앞으로 나왔다.

"배신으로 오천위의 필두라도 된 거예요? 여전히 소인배군요."

카밀라는 평소처럼 흰 드레스를 입고 있었다. 전장에서도 이질적인 복장인지라 자신의 미모까지 더해져 한층 눈에 띄었다.

카밀라는 부채를 펼쳐서 얼굴을 가렸다. 단, 부채의 염색은 피를 연상시킬 정도로 검붉고, 그 문양은 용을 본뜨고 있었다. 도르센에 있었을 때는 더 우아하고 화사한 부채를 썼었다.

'취향이 많이 변했군.'

약간의 꺼림칙함을 느끼면서도 란돌프는 카밀라에게 대답했다.

"오천위는 도르센의 용사로 구성되어야 마땅한 것. 그것을 타국인이고 뭐고 상관없이 그 자리만 메우면 된다고 생각했던 지크문트 경도 선왕도 제정신이 아니었다고 할 수밖에요."

란돌프는 도르센의 기사 대표로서 오천위의 자리에 올랐다. 그것에 자부심을 갖고 있는 그는 모험가 출신인 지크문트와 황녀였던 카밀라를 좋게 보지 않았다.

"선왕? 어머나, 알랭 오빠가 벌써 왕이 된 거예요? 왕의 반지는 갖고 있대요?"

카밀라가 요염하게 웃었다. 옛날부터 외모만 아름다운 공주였지만, 나이를 먹어서 더 요염해졌다. 아이를 낳았다고 들었지만, 도저히 그렇게 보이지 않을 만큼 아름다웠다.

"갖고 있다, 고 하면 돌아오실 건지?"

실제로는 갖고 있지 않지만 란돌프한테는 사소한 문제다.

"거짓말은 집어치워요."

카밀라는 더 활짝 웃었다.

"반지라면 여기 있어요."

그렇게 말하고 왼손 약지에 낀 반지를 보여주었다. 반지의 마석이 카밀라의 마력에 호응해서 푸른 빛을 발한다. 역대 도르센 왕도 발했던 빛이었지만, 카밀라의 그것은 한층 강렬했다.

"어째서 그것이 카밀라 님에게?!"

란돌프는 동요했다. 이끌고 온 기사와 병사들 사이에도 동요가 번진다. 자신들의 정당성이 흔들렸기 때문이다.

아니, 정당성은 반란을 일으킨 시점에 이미 없었다. 전 국왕의 빛이 둔하다고 생각했기에 반기를 든 것에 불과하다. 그러나 카밀라가 지닌 마석의 빛은 너무나도 선명해서 도르센 왕가의 위광을 연상시키기에 충분했다.

"가짜다! 카밀라 님이 도르센 왕가의 반지를 갖고 있을 리가 없어!"

란돌프는 부하들의 동요를 진정시키기 위해 목청을 높였다.

중요한 것은 반지의 진위가 아니다. 이 싸움에서 이기느냐 지느냐이다.

"왕가의 반지의 진위도 구별 못 하다니, 그러니까 오천위의 필두로 뽑히지 못했죠."

카밀라가 피식 웃었다. 부채를 접자 그 끝으로 마력이 모여 빛났다.

'뭘 하려는 거지? '소닉 블레이드'인가? 하지만 저 마력은?'

카밀라가 가로로 부채를 그었다. 그 궤적이 빛의 칼날로 변해 쏘아진다.

'뭐지 저건?! '소닉 블레이드'가 아니잖아!'

순간적으로 위험을 감지한 란돌프는 몸을 날려 그 공격을 피했다.

"강해지셨군요, 카밀라 님! 도르센에 계셨을 때와는 다르게 기술을 많이 연마하셨나 봅니다."

그 말만큼의 여유는 없다. 카밀라가 파룬으로 간 지 2년도 채 지나지 않았다. 게다가 1년은 출산에 썼을 터. 그럼에도 이렇게까지 강해졌을 줄은 생각도 못 했다.

"뒤를 봐요, 란돌프."

그 말에 뒤를 돌아본 란돌프는 아군의 참상에 아연실색했다.

앞줄에 서 있던 병사들 대부분이 조금 전 일격으로 몸통이 베여 무참하게 쓰러져 있었던 것이다.

한순간에 동료를 잃은 다른 병사들이 당황한다.

"말도 안 돼! 그 거리에서 이런 위력을 자랑하는 공격이라니!"

마법이건 검기건 거리가 떨어지면 떨어질수록 위력은 줄어든다.

아군과 카밀라의 거리는 충분히 떨어져 있었을 터다.

"란돌프, 파룬이라는 나라는 말이죠."

카밀라는 비웃음을 날렸다.

"지옥 같은 곳이라고."

그녀는 이번에는 부채를 펼치더니 우아하게 부쳤다.

살랑바람이 마력을 입고 충격파로 변해서 도르센 군을 덮친다.

란돌프는 방패로 막으면서 간신히 버텼지만, 주위에 있던 병사들은 맥없이 날아갔다.

마법이라면 이 충격파와 동등한 위력을 가진 것은 드물지 않으리라.

그러나 마법에는 영창이 필요하다. 효과가 강력하면 할수록 영창은 길어진다.

그것을 카밀라는 부채를 한 번 부친 것만으로 일으킨 것이다. 아까 병사들을 베어 버린 진공의 칼날도 흉악한 위력을 자랑하고 있었다.

'저런 괴물을 상대로 이길 수 있을 리가 없다.'

도르센의 병사들로 하여금 그런 생각이 들게 하기에 충분해서 이미 그들은 공황상태에 빠져 있었다.

우왕좌왕하는 적을 앞에 두고 팰리스 기사단이 가차 없이 공격을 퍼붓는다.

선봉에 선 것은 도적이었던 미네르바, 용병이었던 레이아, 모험가였던 사샤인데, 그녀들은 하나같이 똑같은 표정을 짓고 있었다.

즉 '힘을 발휘할 상대가 생겨서 즐거워서 견딜 수 없다'는 흉포한 얼굴.

원래 실력에 자신이 있었던 그녀들이지만 파룬에서는 일방적으로 당하기만 해서 자존심이 박살나 있었다. 그렇게 밑바닥까지 떨어진 상태에서 말도 안 되는 식사와 훈련을 강요받은 후에 새로운 힘을 손에 넣은 것이다. 그것을 발휘할 자리를 얻었는데 즐겁지 않을 리가 없었다. 이제는 그녀들도 훌륭한 헌드레드의 일원이다.

한편 란돌프는 과연 오천위의 2인자답게 그 실력을 발휘하고 있었다.

팰리스 기사단이 아무리 잘 훈련되어 있다고 해도 본디 타고난 힘이 다르니 상대가 되지 않는다. 단, 란돌프도 상대를 끝까지 처리하지 못해 좌절하고 있다. 숨통을 끊으려고 하면 새로운 상대가 달려들어서 끝장을 내지 못하는 것이다.

게다가 아군의 숫자는 빠르게 줄어들고 있다.

'이대로는 안 되겠어!'

위기감을 느낀 란돌프의 앞에 흰 드레스를 입은 아가씨가 모습을 드러냈다.

전장 한복판에서 그녀의 주위만 고요함을 간직한 듯한 분위기를 자아내고 있다. 물론 카밀라였다.

"그럼 끝장을 내 볼까요?"

그녀는 단아하게 미소지었다.

"그쪽한테 이기더라도 오천위의 2인자는 안 될 거예요. 난 도르센의 국모가 될 거니까."

"닥쳐, 이년!"

란돌프가 검과 방패를 고쳐 들고 카밀라를 향해 말했다.

아직 승산은 있다. 겨우 2년 전까지는 자신이 더 강했다. 실력에는 별로 차이가 없었지만 응석받이 같은 면이 있었던 카밀라를 정신적인 부분에서 능가했던 것이다.

사람의 본바탕은 쉽게 바뀌지 않는다. 아무리 힘을 키웠다고 해도 파고들 틈은 있을 터다. 란돌프는 그렇게 생각했다.

카밀라는 손가락을 딱딱 울려서 '소닉 블레이드'를 날렸지만 란돌프는 방패로 그것들을 받아넘겼다. 2년 전과는 비교도 안 되는 위력. 잘못 맞았다간 치명상이 될지도 모르는 공격에 식은땀을 흘리면서 카밀라에게 다가간다.

한 발짝만 더, 반 발짝만 더. 카밀라는 환영을 쓴다. 그 사실도 란돌프의 머릿속에 들어 있었다. 그것을 계산하고서 거리를 좁혀 확실히 숨통을 끊어놓을 수 있는 필살의 일격을 날린다.

'됐다!'

그러나 란돌프의 검은 허공을 베었다.

'이것도 환영이라고?!'

카밀라의 모습을 찾아 두리번거리던 란돌프의 귓전에서,

딱.

하고 파멸의 소리가 울렸다.

란돌프 전사.

그 보고에 알랭은 아연실색했다. 란돌프는 알랭이 유일하게 믿는 구석이었다. 병력은 아직 충분히 남아 있지만 의지할 만한 용사는 없다.

영토를 할양하는 조건으로 이리스와 바르칸이 아군으로 붙었다. 바르칸은 지크문트의 발을 붙잡아 두고 있으니 나머지는 이리스 군에 의지하는 수밖에 없다.

이리스에서는 '삼백'이라 불리는 무용 높은 3개의 백작 가문이 이름을 날리고 있다.

이번에는 알랭을 지원하러 그중 하나인 고드윈 백작이 와 있었다.

"고드윈 백작, 미안하지만 파룬 군을 쓰러뜨려 주겠소?"

당장 고드윈 백작을 호출한 알랭은 파룬 군의 대처를 이리스 군에 맡기고 싶다고 말했다.

"파룬을, 말입니까?"

이에 대해 고드윈 백작은 어물쩡 대답했다.

이미 란돌프가 전사했다는 것은 알고 있다. 란돌프는 결코 약한 남자가 아니다. 국경에서 사소한 분쟁이 벌어졌을 때 몇 번 싸워본 적이 있어서 고드윈 백작은 그것을 잘 알고 있었다. 삼백에 필적하는 오천위의 일원으로서 나무랄 데 없는 실력을 가진 자였다.

그렇기에 '나라면 이길 수 있다'는 자만심은 갖고 있지 않았다.

"10배의 병사를 이끈 란돌프 경이 패했으니 상당한 강적이겠지요. 요격하는 것이 아니라 성에서 맞아 싸워야 하지 않을까……."

"당치 않은 소리! 그런 시골뜨기들을 그토록 무서워하다니, 그러고도 이리스가 자랑하는 삼백 중 하나라고 할 수 있소?"

알랭은 파룬을 깔보고 있었다. 그래서 파룬에 패해 여동생을 바친 선왕에게 역심을 품고 쿠데타를 일으킨 것이다.

"하지만 이미 도르센은 브릭스 전투와 란돌프 경의 패전이라는 두 번의 패배를 겪었습니다. 상대를 무시하다가는 패배만 맛보지 않겠습니까?"

고드윈은 내심 신물이 났다. 알랭은 왕으로서는 명백히 어리석고 자질이 없었다. 바로 그래서 이리스와 바르칸의 지원을 끌어들인 것인데, 이 상황은 좋지 않다.

바르칸에서는 파룬은 요주의라고 알려왔다. 바르칸 출신의 쌍검 실라가 제로스 왕에게 시집간 덕에 나름 파룬에 대한 정보를 갖고 있는 것이다.

"요행이오! 단지 운이 좋았던 것뿐이오!"

그렇게 악을 쓰는 알랭을 고드윈은 속으로 '구제불능이
군'이라고 욕했다. 그러나 란돌프를 잃은 지금, 도르센의
장병을 움직일 수 있는 사람은 알랭뿐이었다.

어쩔까 생각하고 있는데 도르센 병사가 방으로 뛰어들
어 왔다.

"적습입니다! 적이 성 안까지 쳐들어왔습니다! 파룬의
군세인 듯합니다!"

XV ◆ 베르세

   도르센의 왕도 베르세에는 긴장감이 감돌고 있었다.

   안 그래도 내란으로 선왕이 시해당해 도시가 혼란 상태에 빠졌는데 이번에는 파룬 군이 쳐들어왔다는 것이다.

   베르세 성벽 위에 주둔한 병사들은 복잡한 심경이었다. 그들은 성벽 안쪽에서 일어난 쿠데타에 참가하지 않았으므로 새 왕을 자처하는 알랭에게 충성을 맹세한 것이 아니다. 그렇다고 선왕을 위해 알랭에게 저항할 만큼의 의리가 있는 것도 아니고 먹고사는 문제도 있어서 일을 계속하고 있다.

   파룬 군을 이끄는 것은 카밀라. 알랭과 마찬가지로 선왕의 형제다.

   카밀라는 선왕을 위해 군사를 일으켰다고 한다. 그렇다면 대의명분은 카밀라에게 있지 않을까?

   병사들이 그런 갈등에 빠져 있을 때, 저쪽에서 베르세를 향해 달려오는 말들의 모습이 보였다. 아마 파룬 군이리라. 소문으로는 들었지만 그 수가 적다.

   적군을 확인한 수비대 대장이 목청을 높였다.

   "종을 울려 적의 접근을 알려라! 다른 자들은 활을······ 윽?"

말하다 말고 대장이 쓰러졌다. 돌바닥에 그 피가 퍼진다.

대신 거기에 서 있는 것은 낯선 남자였다. 흔한 평민 복장에 핏방울이 떨어지는 검을 한쪽 손에 쥐고 있다.

"나는 헌드레드의 30위, 주우자다."

"주우자? 질풍의 주우자?!"

병사들이 일제히 무기를 들었다.

화친이 성립한 지 2년, 도르센과 파룬 사이에 사람의 왕래가 늘었다.

투기장을 구경하러 가는 도르센 국민도 많아져 헌드레드의 소문도 자주 들어오게 되었다. 그중 바람처럼 움직이는 주우자는 '질풍'이라는 별명으로 알려져 있었다.

헌드레드의 강함을 "과장된 구경거리"라고 깎아내리는 귀족이나 기사 계급하고 다르게 실제로 보고 들은 일반 계급의 사람들은 그 강함을 정확하게 평가하고 있었다고 할 수 있다.

"기쁘군, 내 이름이 도르센까지 알려졌다니 영광이야."

주우자가 씩 웃었다.

"카밀라 님의 전언이다. '저항하지 않으면 용서한다'. 단, '저항하는 자에게는 인정을 보이지 말라'고도 하셨다. 어떻게 할래?"

"달랑 한 명이다! 해치워라!"

가장 나이 많은 병사가 소리쳤다. 몇몇 병사가 주우자를 향해 활을 당긴다.

주우자는 그 병사들 쪽으로 몸을 기울인 채 내달렸다. 그 움직임이 유연한 것이 짐승을 연상시켰다.

병사들은 당황해서 화살을 쏘았지만 주우자는 땅을 기는 듯한 낮은 자세로 화살의 궤적 사이를 누비며 접근. 활을 든 병사들과 지시를 내린 나이 많은 병사를 간단히 베어 버렸다.

"그래서, 어떻게 할래?"

한순간에 5명이 넘는 병사를 벤 주우자는 검을 휘둘러 피를 떨쳐버리고 다시 물었다.

"말해 두지만, 못 이겨."

그 말에 병사들은 무기를 버렸다.

알랭에 대한 충성심의 부재와 눈앞에서 목격한 주우자의 강함이 그들을 그렇게 만든 것이었다.

이때 성벽 위에는 주우자만 있던 것이 아니었다.

팰리스 기사단의 샤리와 그 휘하의 어쌔신 등 선발대로 베르세에 잠입해 있던 자들이 파룬 군의 접근과 동시에 성벽으로 침입. 감시병 등을 제압하고 성벽 수비대를 기능 불능에 빠트렸다.

단, 성문은 닫힌 채이다.

그 성문을 향해, 파룬 군의 기마대에서 한 기가 선발대로 빠져나왔다. 소처럼 우람한 말을 타고 있는 것은 역시 위로도 옆으로도 거대한 대머리 남자였다.

헌드레드의 왕푸다. 손에는 블러디 로드를 쥐고 있었다.

왕푸는 그대로 성문으로 다가가더니 말에서 뛰어내려 블러디 로드로 문을 내리쳤다.

초중량을 지닌 그 일격에 문 뒤쪽에 달린 빗장이 파괴되어 성문이 삐걱거리며 열리기 시작했다.

성문 안쪽에 있던 병사들이 무슨 일인가 하고 달려 나오다가, 왕푸의 모습을 보고 뒷걸음질쳤다.

"비켜. 얌전하게 굴면 죽이진 않겠어."

왕푸는 낮지만 쩌렁쩌렁한 목소리로 경고했다.

"혈곤(血棍) 왕푸다!"

성문을 지키는 병사들이 소리쳤다. 왕푸도 그 이름이 알려진 헌드레드의 일원으로, 피보라를 내뿜는 블러디 로드를 휘두른다고 해서 혈곤 왕푸라고 불리고 있다.

"이 괴물이!"

한 기사가 왕푸에게 달려들었다.

왕푸가 벌레라도 쫓는 것처럼 블러디 로드를 휘두르자 기사는 갑옷째로 찌부러져서 말 못 하는 고깃덩어리가 되었다.

'이렇게는 죽고 싶지 않은' 본보기 같은 죽음에 병사들은 얼굴을 찡그렸다.

성문의 병사들이 왕푸에게 겁을 먹고 있는 사이에 그 옆을 파룬 군이 달려서 지나갔다. 선두는 흰 드레스 차림으로 말안장에 옆으로 돌아앉은 카밀라다. 고삐도 쥐지 않고 어떻게 컨트롤하는지는 몰라도, 말은 일직선으로 성을 향해 달리고 있다.

물결치는 긴 보라색 머리카락에 입을 가린 부채가 마치 한창 바캉스를 즐기는 듯한 우아함을 자아내고 있지만, 그 뒤에 이어지는 자들은 모두 완전무장을 하고 있었다.

성문의 참상을 곁눈으로 보고 카밀라가 한쪽 뺨으로 웃었다. '조국의 성문이지만 쉽게도 지나왔네' 하고 자조한 것이다.

파룬 군이 지나간 뒤, 성벽에서 주우자가 뛰어내렸다.

"어이, 같이 갈까?"

"안내해. 그러려고 온 거니까."

왕푸가 주우자를 부리부리한 눈으로 쳐다보자, 그가 무뚝뚝하게 대답했다.

"그래그래. 그럼 가자고."

주우자가 성 쪽이 아니라 베르세 시내를 향해 걸음을 옮긴다.

그것을 한 병사가 저지했다.

"잠깐! 어디 가는 거야!"

그는 주우자들이 시민을 해치는 게 아닌지 걱정했던 것이다.

"걱정 마. 일반인은 안 건드려."

주우자가 손을 팔랑팔랑 저었다.

"그럼 뭘 하러……."

"이리스 군을 궤멸시킨다."

왕푸가 병사를 보지도 않고 대답하고는 걸음을 옮겼다.

베르세 시내에는 고드윈 백작이 이끌고 온 약 500명의 이리스 군사가 주둔하고 있다.

주우자 일행의 표적은 그들이었다.

"다행이다…… 저놈들하고 안 싸우고 끝나서……."

사라져 가는 그들의 뒷모습을 보며, 그 병사는 진심으로 생각했다.

성 안에서는 혼란이 벌어지고 있었다.

접근 중이라고 들었던 파룬 군이 이미 성문을 돌파하여 성 안으로 들어온 것이다.

고드윈은 아무 말 없이 옥좌의 방을 떠나 시내에 주둔시킨 이리스 군과 합류하려고 했다.

"도르센 놈들이 시간을 벌고 있는 사이에 서둘러라!"

부하들에게 그렇게 말하고 고드윈은 파룬 군이 침입한 장소와 멀리 떨어진 지점에서 탈출할 생각을 하고 있었다.

'다른 부하들과 합류하면 뒷문으로 나가서 원군과 합류해야 해.'

파룬 군의 침공 보고를 들은 시점에 이미 본국에는 원군을 요청해 놓았는데, 그 군세가 거의 도착했을 터였다.

그러나 성을 빠져나와 이리스 군 주둔지에 도착한 고드윈 일행이 목격한 것은 병사들이 시체가 되어 겹겹이 쌓여 있는 지옥 같은 광경이었다.

　"늦었군요."

　긴 흑발을 뒤로 묶은 남자가 고드윈에게 말했다. 풍채는 대단하지 않지만, 손에 든 피투성이의 검이 그 참상을 일으킨 장본인이라는 것을 말해 주고 있었다.

　흑발의 남자 뒤에는 제각기 무장한 자들이 20명 정도 있었다. 그중에는 성문에서 벌어진 전투에서 활약했던 주우자와 왕푸의 모습도 있었다.

　"이리스의 삼백 중 하나인 고드윈 백작인 듯한데, 어떠신지?"

　"……그렇다면 어쩌게? 넌 누구냐?"

　고드윈의 측근 5명이 검을 빼 들었다.

　"저는 헌드레드의 4위, 야마토라고 합니다. 상대해 드릴까요? 당신이 데려온 병사들로는 좀 부족해서."

　야마토는 별것 아니라는 듯이 말했다.

　"부족하다고! 500명이나 죽여 놓고!"

　격앙한 고드윈도 허리춤의 검을 뽑는다.

　"양보다 질이라고나 할까요. 말로만 듣던 삼백의 군대라고 해서 기대했는데 다소 숙련도가 부족했던 것 같군요. 다른 자들은 건드리지 않을 테니 일대일로 붙어 보는 건 어떠신지?"

어떻고 나발이고 이 정체 모를 흑발의 남자와 싸우는 것 외에 고드윈이 살아남을 길이 없는 것은 명백했다.

"좋다, 삼백을 우습게 본 것을 후회하게 해 주마!"

말이 끝나기가 무섭게 고드윈의 몸이 희푸른 불꽃 같은 것에 옅게 휩싸였다.

고드윈 백작가에 전수되는 신체강화술이다. 육체에 마력을 불어넣음으로써 단기간에 힘을 대폭 끌어올리는 기술. 또 그 효과는 신체뿐만 아니라 검에도 미쳤다.

"좋군요! 검기는 아니지만 훌륭한 기술이에요!"

야마토가 흥분된 표정을 지었다.

"그 자만심을 안고 가거라!"

고드윈이 화살처럼 빠른 속도로 야마토에게 돌진, 검을 휘둘렀다.

야마토는 그것을 검으로 받아내는 것이 아니라 흘려냄으로써 대처한다.

"오오! 속도뿐만 아니라 힘도 상당히 올라갔군요! 과연 삼백의 기술!"

상대의 기술을 칭찬하면서도 야마토는 몇 번이나 검으로 막아내며 상대했다.

날카로운 기합과 함께 강검을 휘두르는 고드윈과는 대조적으로 야마토는 버드나무처럼 유연하게 대응한다.

"이 자식! 까불지 마라!"

고드윈은 초조했다. 신체강화는 오래 지속되지 않는다.

일격이라도 맞히면 이길 수 있지만, 야마토라는 남자는 검술이 뛰어났다. 방어뿐만 아니라 흘려넘긴 검으로 그대로 공격으로 전환해 오기도 해서 전혀 방심할 수가 없다.

결정타를 날리지 못한 채 시간만 흘러간다.

"슬슬 한계인 듯하군요."

야마토도 고드윈의 신체강화술의 한계를 파악하고 있었다.

"하지만, 충분합니다."

'충분해? 뭐가?'

고드윈은 야마토의 말뜻을 이해할 수 없었다.

고드윈은 녹초가 돼서 일단 거리를 벌렸다. 체력적으로도 마력적으로도 한계가 가까워서 어깨로 숨을 쉬고 있다.

그것을 본체만체하고 야마토는 천천히 자세를 정비했다.

"이런 걸까요?"

야마토의 몸이 희푸른 빛을 띠었다. 고드윈 정도의 빛은 아니지만 신체강화술임은 틀림없었다.

"말도 안 돼!!"

고드윈의 가문에 전수되는 신체강화술은 문외불출. 그리 쉽게 체득할 수 있는 것이 아니다.

"이야, 꽤 어려운데요, 이 기술은. 육체에 마력을 길들일 필요가 있어서 체력 소모도 엄청나고, 보고 흉내 내는 정도가 한계네요."

고드윈은 신체강화술을 배우는 데 3년이 걸렸다. 신체

단련은 물론 마술적 소양도 필요해서 아무래도 시간이 걸리는 것이다. 불과 몇 분 만에 흉내 낼 수 있는 기술이 아니다.

"……네 녀석, 정체가 뭐냐? 그 정도 재주가 있으면서 왜 파룬 같은 소국에 있지?"

"원래는 시골에서 보잘것없는 검술 도장을 운영하고 있었지만, 지금은 파룬에서 검술 지도사로 있지요."

"검술 지도사? 그게 뭐야? 이리스로 와라. 그러면 돈도 지위도 원하는 대로 주겠다. 원한다면 작위도 주지."

삼백인 고드윈에게는 어느 정도의 권한이 있다. 왕과 교섭하면 이리스에서 야마토를 상응하는 지위에 앉히는 일도 불가능하지 않다.

"……작위요?"

야마토는 훗 하고 웃었다. 뒤에서 대기하고 있는 헌드레드 멤버들도 비웃었다.

"유감이지만 돈에도 지위에도 흥미가 없어서."

야마토의 자세가 낮은 자세로 변한다. 힘을 실어 다음 일격으로 승부를 보려는 것이다.

"힘이야말로 모든 것. 그것이 헌드레드의 유일무이한 규칙. 힘 앞에서는 다른 어떤 것도 무가치한 것. 게다가 우리는 힘을 얻는 대신 모든 것을 폐하께 바치고 있답니다."

야마토의 그 말에 호응해서 헌드레드 멤버들이 외쳤다.

"우리의 백 개의 목숨은 폐하를 위하여!"

무기도 겉모습도 서로 다른 자들이 한목소리로 외치는 그 소리에 고드윈과 측근들은 등골이 오싹해졌다.

"이해를 못 하겠군. 우리는 짐승이 아니야. 힘이 전부일 수는 없어."

고드윈도 마지막 힘을 쥐어 짜내어 전신의 마력을 강화한다.

대치한 두 사람은 시선을 주고받더니 다음 순간 몸을 교차시켰다.

잠시 뒤, 고드윈이 천천히 쓰러져 땅을 붉게 물들였다.

"똑같습니다. 짐승이나 사람이나 몬스터나 힘이 전부지요."

말하면서 야마토는 어깨에 상처가 생긴 것을 눈치챘다.

"어라? 삼백은 역시 다르군요."

고드윈의 측근들은 수장의 복수를 하려고 했으나, 남은 헌드레드 멤버의 손에 죽고 말았다.

XVI ◆ 도르센 공략

    고드원 백작이 부른 이리스 원군 1천 기는 왕도 베르세 바로 코앞에 와 있었다.

    지휘봉을 잡은 이리스의 장군이 선발대로 정찰부대를 보낸 결과, 이미 파룬 군이 베르세 성문을 돌파했다는 보도를 입수했다.

    '왜 이렇게 빨리 뚫려! 도르센 군은 대체 뭘 한 거야?'

    장군은 도르센 군의 무능함을 마음속으로 욕했다.

    보통 공성전은 수비가 압도적으로 유리하고, 베르세 급의 성채도시면 몇 달은 버틸 수 있었을 터다. 그런데 일순간에 파룬 군의 침입을 허락하다니, 도르센 군의 태만 이외에는 다른 이유를 생각할 수 없었다.

    "어쩔 수 없군. 이대로 베르세로 돌입해서 고드원 백작과 합류한다!"

    장군은 부하들에게 호령을 내렸다.

    아무리 강한 자들만 모인 파룬 군이라고 해도 그 수는 2백 정도. 성 안의 군사와 잘 호응하면 머릿수를 활용해서 협공할 수 있다.

    장군의 작전은 온당하다 할 수 있었다.

──방해하는 자만 없다면──.

왕도 베르세까지 얼마 남지 않았을 때, 가도를 가로막듯이 남자 5명이 서 있었다.

'저건 뭐지?'

잠시 주저한 끝에 장군은 결단했다.

"아군이면 피한다! 적이면 이대로 흩뜨릴 뿐! 이대로 돌진하라!"

고드윈 백작의 안위가 최우선이니 지금은 시간이 아깝다. 적인지 아군인지 모를 5명과 얽힐 여유 따위 없었다.

말을 멈출 필요조차 없다. 이대로 유린할 뿐이다.

1천 기병은 속도를 늦추지 않고 돌진했다. 그리고 남자들과 격돌하기 직전에 5명 중 한 사람이 앞으로 나와 검을 들었다.

허리에 온 힘을 실은 것처럼 몸을 비틀어 검을 뒤쪽으로 내리고 있다.

'보병이 기병을 검으로 어떻게 할 수 있을 거라고 생각하는 건가?'

단순히 검의 길이로는 기병에게 닿지 않기 때문에 보병이 압도적으로 불리할 터다. 무모해도 너무 무모하다.

그러나 그 남자가 든 검이 마력을 띤 빛을 보이기 시작한다.

"검기를 부릴 줄 아는 자다! 전원 회피!"

장군의 지시와 남자가 검을 휘두른 것은 동시였다.

검에서 뿜어져 나온 폭풍 같은 격류가 이리스 군을 덮친다.

선두에서 달리던 기병들이 말과 함께 나동그라지자 후방에 있던 기병의 말이 패닉을 일으켜 날뛰고, 기병들은 차례차례 낙마했다.

이리스 군은 혼란에 빠져 완전히 기세를 잃고 멈췄다.

"여기서부터는 못 가."

검을 휘두른 남자가 선언했다.

"그래도 가겠다면 우리가 상대해 주지."

그 남자는 짧게 깎은 금발에 인상이 날카로웠다.

"이놈, 헌드레드냐? 이름이 뭐지?"

벌써 태세를 정비한 이리스의 장군이 물었다. 이 무시무시한 위력의 검기로 보아 아마 헌드레드에서도 상당히 상위권일 거라 판단한 것이다.

"나는 헌드레드의 1위, 오그마다."

오그마가 뒤의 4명을 가리켰다.

"이들도 헌드레드로 아론, 발리, 빌, 브루노다."

"초기 멤버 5인인가."

이리스 장군은 곧 적대하게 될 헌드레드의 정보를 사전에 면밀히 조사해 놓았다.

거기에 헌드레드 초창기 멤버로서 오그마, 아론, 발리, 빌, 브루노는 헌드레드 창설 시의 '초기 멤버 5인'이라고

명기되어 있었다.

붙박이 1위인 오그마는 격이 다르다 쳐도 나머지 4인도 늘 랭킹 상위권을 다투는 실력자다.

"인간이라고 생각하지 마라, 이놈들은 몬스터랑 똑같다! 수적 우세를 살려라! 에워싸서 포위망을 좁히듯이 사냥해라!"

장군의 지시에 따라 이리스 기병들이 곧바로 포위망을 형성한다. 그들은 몬스터 토벌 경험이 있는 부대라 장군의 뜻을 금방 알아차렸다.

"좋은 지시군. 그렇게 나오지 않으면 재미없지."

오그마가 쾌활하게 싱긋 웃는다.

"고작 5명으로 1천 명을 상대할 수 있다고 생각하나? 도르센과의 싸움에서는 너 혼자 50명의 기사를 쓰러뜨렸던 모양이지만, 이번에는 너희가 혼자 50명을 쓰러뜨려도 끝나지 않는다!"

적의 전의를 꺾기 위해 이리스의 장군이 목청을 높인다.

"그게 대체 언제 적 얘기야? 우리는 늘 죽기 직전까지 싸우면서 단련한다고. 그런 옛날의 나와 지금의 나를 똑같이 보면 안 되지."

오그마는 한 손에 든 대검으로 자신의 어깨를 툭툭 치더니 느닷없이 자세를 잡았다.

"뭐 싸워 보면 알겠지. 간다!"

오그마가 마력을 실어 대검을 휘둘렀다. 그것은 바람의

칼날을 낳는 '소닉 블레이드'가 아니다. 대기를 교란시켜 모든 것을 찢는 폭풍을 일으키는 오그마의 독자적인 검기, 스톰 버스트. 엄청난 위력 때문에 투기장에서는 사용이 제한된 기술이다.

스톰 버스트가 일으킨 에너지의 격류 앞에서 수십 명의 이리스 기사들이 공중으로 날아올랐다. 아니, 공중을 날기만 하면 다행이었다. 정통으로 맞은 기사는 사지가 찢어졌다.

일격에 부하를 수십 명이나 잃은 이리스의 장군은 전율했다.

'이래서는 마치 드래곤을 상대하는 것과 같지 않은가!'

"배후로 돌아라! 뒤를 노려!"

곧바로 지시를 내렸지만 오그마의 뒤에 대기하고 있던 4명이 기사들의 진로를 가로막아 뒤로 돌아갈 수가 없다.

오그마만큼 화려하지는 않지만 혼자서 5명 정도를 한꺼번에 상대하고 있다.

속도가 다르다. 힘이 다르다. 마치 날벌레처럼 이리스의 기사들이 픽픽 쓰러진다.

장군이 데려온 것은 오합지졸이 아니다. 기사인 것이다. 평소 제대로 훈련받은 정예인 것이다.

'뭐지, 이놈들은. 같은 인간인가?!'

눈 깜짝할 사이에 줄어가는 아군 앞에서 이리스의 장군은 전율했다.

"마법기사단, 앞으로!"

장군은 후방에 대기시켜 놓았던 비장의 마법 기사단 100명을 불러냈다.

마법 기사단은 마법사의 소질이 부족한 자들에게 기사 훈련을, 기사로서는 부족하지만 학문에 소질이 있는 자들에게 마법 교육을 각각 시켜서 탄생시킨 이리스가 자랑하는 특수부대다. 낭비를 싫어하는 현 국왕이 고안한 부대다.

비록 강력한 마법은 쓸 수 없지만 검을 쓰는 접근전에서부터 마법을 이용한 원거리전까지 두루 수행할 수 있다. 문제는 아무나 될 수 있는 게 아니라서 숫자를 늘릴 수 없다는 점이지만, 그래도 다른 나라가 두려워하는 존재가 되었다.

이번에 100명이나 되는 마법 기사단을 데려온 것은 당연히 파룬을 상대하기 위해서이다.

"멀리서 마법을 쏴라! 나머지는 마법 기사들의 방패가 된다!"

말 위에서 마법을 준비하고 있던 마법 기사단들로부터 화염구며 뇌격, 바람의 칼날 마법이 마구 날아온다. 하나하나는 저레벨 마법이라 위력은 그리 높지 않지만, 그것이 100기의 마법 기사들로부터 나오니 위협적이었다.

그들은 말을 타고 오그마 일행의 주위를 크게 선회하면서 쉴 새 없이 마법을 쏘아댄다.

오그마 일행은 팔로 얼굴을 가리고 방어한 채 한 발짝도 움직이지 않는다.

"마법 기사는 한계까지 마법을 계속 쏴라! 다른 기사들은 공격 준비! 마법이 다하면 돌격하라!"

일시적인 혼란 상태에서 깨어난 이리스의 기사들이 창과 검을 들고 오그마 일행을 멀찍이 에워쌌다. 그 표정에 이미 두려움은 없고, 이 기회에 오그마 일행을 해치워 버리겠다는 결사의 각오가 있다. 그들은 숨을 삼키며 기다렸다.

서서히 마법의 탄막이 엷어지고, 팽팽한 긴장감이 높아진다. 기사들의 무기를 쥔 손에 힘이 들어갔다.

그러나 마법 기사들이 최후의 마법을 날린 그 순간, 오그마 일행 5인이 일제히 내달렸다.

아직 쏘아진 마법이 다 사라지지 않았지만 그것을 무시한 것이다. 마법에 맞지 않은 것은 아니다. 얼굴에도 몸에도 직격을 맞았다. 그러나 그들은 비라도 맞는 것처럼 얼굴만 살짝 찡그리면서 돌진해 왔다.

당황해서 검을 뽑은 마법 기사들이지만, 오합지졸을 상대하는 것과는 차원이 다르다.

"도전을 피할 수야 없지."

먼 거리에서 도약하면서 달려든 것은 아론이었다. 몸집은 작지만 민첩하기로는 정평이 난 남자다.

"히익!"

표적이 된 마법 기사가 맥없이 칼에 맞았다. 그리고 아론은 그 기사가 탄 말을 발판 삼아 다음 기사를 노렸다.

말에서 말로 도약하며 이동하면서 차례차례 기사들을 베어 쓰러뜨린다. 마치 그런 일화를 가진 마물 같았다.

브루노는 대검으로 말과 함께 기사를 베었다. 조금 슬픈 표정을 하고 있는 것은 말에 대한 연민이었지만, 그래도 일말의 주저함도 없다. 사람과 말을 가리지 않고 반으로 쪼개 놓는다. 오거도 이 정도 힘은 갖고 있지 않으리라.

발리는 '소닉 블레이드'로 마법 기사들을 겨냥했다. 마법 결계로 방어를 시도하는 마법 기사도 있었지만, 전개한 결계까지 통째로 베어서 찢어 버렸다. 저레벨의 결계는 종이 정도의 역할밖에 하지 못했던 것이다.

빌은 극히 평범하게 다가가서 베었다. 그런 것처럼 보였다. 단, 그 기량은 보통이 아니어서 그 일격을 피할 수도 받을 수도 없었다. 요격하려고 검을 치켜들어도 먼저 베이고, 방어하려고 검을 들어도 검을 피해 기사의 몸통만 베어졌다. 그것은 탁월한 기술이었는데, 본디 그저 그런 기사였던 마법 기사들한테는 마치 마법처럼 보였다.

그리고 오그마는 마법 기사조차 무시하고, 돌격하기 위해 멀찍이 에워싸고 있던 기사들의 한가운데로 돌진해 들어갔다. 더 강한 상대를 탐욕스럽게 찾기라도 하듯 무서운 표정으로 기사들을 닥치는 대로 쓰러뜨린다. 전설로만 듣던 끝없이 전투를 찾아다닌 미치광이 전사란 이런 걸 두고 하는 말이라는 것을 깨닫게 해 주겠다는 듯이.

이리스의 기사들은 완전히 기세가 꺾였다.

장군은 다른 기사들로 마법 기사들을 도와주고 싶었지만 오그마 때문에 그럴 겨를이 없다.

"포위 공격하라!"

온당하지만 평범한 지시였다. 이리스의 기사들이 되찾았던 전의는 사라지고, 승산은 없어졌기 때문이다. 아니, 승산 같은 건 처음부터 없었다.

장군은 '초기 멤버 5인'을 본 순간 퇴각했어야 했다. 마법 기사 같은 어설픈 존재로 대적할 수 있는 상대가 아니었던 것이다.

그 대가가 지금 치러지려 하고 있다.

장군의 눈앞에 오그마가 나타났다. 그 눈은 힘을 발휘할 기쁨으로 가득 차 있다.

'미쳤어.'

장군은 그제야 헌드레드가 제정신이 아니라는 것을 깨달았다. 그러나 늦었다.

오그마는 자신이 지금부터 쓰러뜨릴 상대가 적장이라는 것도 이해하지 않은 채 마구잡이로 대검을 휘둘렀다.

알랭은 제정신이 아니었다. 파룬 군이 습격했다는 보고에 어찌할 바를 모르고 있는 사이에 어느새 고드윈 백작이 자취를 감췄다.

'도망친 건가! 나를 버리고!'

그 추측은 옳았지만 고드윈 백작은 어디까지나 협력자지 부하가 아니다. 다시 부른다고 돌아오리라고는 생각되지 않았다.

이미 파룬 군은 성 안까지 쳐들어왔다.

'나도 도망쳐야 하나? 아니, 왕답게 맞아 싸워야 할까?'

생각 끝에 기사와 마도사들을 옥좌의 방에 집결시켰다. 알랭 측에 붙은 귀족들도 도망쳐 왔다.

'일단은 맞서 싸우자. 위험해지면 도망가면 돼.'

옥좌의 방에는 만일을 위한 탈출로가 있다. 신하들을 시켜 시간을 벌게 하면 달아나는 것은 그리 어렵지 않을 터였다.

"저 문이 열리면 마법을 쏴라!"

아군이 더 도망쳐 올 가능성을 무시하고 알랭은 명령했다.

짧은 정적 후, 쿠데타의 상처가 남아 있는 문이 천천히 열렸다.

준비해 놓았던 마도사들이 일제히 마법을 쏜다. 폭음과 함께 문이 날아갔다.

"마법으로 문을 열어 주다니, 이 나라치고는 괜찮은 연출이네."

사라진 문 앞에 서 있는 것은 부채로 얼굴을 가린 카밀라의 모습이었다.

방금 그 마법들을 부채 하나로 막은 건지 상처를 입은 기색은 없다.

카밀라는 옥좌의 방으로 또각또각 발을 들여놓았다. 미네르바와 레이아를 위시한 팰리스 기사단이 뒤를 잇는다.

"후훗, 알랭 오라버니치고는 아군이 꽤 있네. 귀족들이 이렇게나 많이."

기쁜 듯이 카밀라가 입꼬리를 끌어올렸다. 그것은 죽음을 예감케 하는 흉악한 표정이었다.

"가마라스가 얼마나 좋아할까. 그자는 쩨쩨해서 귀족의 수를 줄이고 싶어 한단 말이지."

"귀족은 아무짝에도 쓸모가 없으니까요."

미네르바가 그 자리에 있는 귀족들을 흘끗 쳐다보고 표독스러운 미소를 지었다.

"옥좌를 찬탈하러 왔느냐, 카밀라!"

알랭이 옥좌에 앉은 채 카밀라를 꾸짖었다. 꾸민 듯한 목소리에 최대한의 위엄을 담고 있었다.

"어머나, 알랭 오라버니는 기억장애라도 있는 거예요? 왕위를 찬탈한 건 오라버니 아니던가요?"

"무슨 소리! 이건 도르센의 총의다! 파룬 따위에 굴복한 왕은 아무도 왕으로 인정 안 해! 이건 정당한 왕위 계승이다!"

"총의라니, 오라버니는 재미있는 말씀을 하시네요."

카밀라는 진심으로 즐거워 보인다.

"총의라느니 자질이라느니 정당성이라느니 그런 건 필

요 없잖아요? 원하면 힘으로 취하면 될 뿐. 간단하죠? 오라버니가 왕위에 오른 건 선왕을 쓰러트릴 힘이 있었다, 그뿐이에요. 제가 왕위에 오르지 않은 건 힘이 부족했기 때문, 그뿐이죠. 하지만 지금은 어떨까요? 저도 나름 강해졌거든요."

"네가 나를 죽여도 아직 형님이 살아 계신다. 네가 이겨봤자 형님이 도르센 왕에 복귀할 뿐이다! 거기에 무슨 의미가 있지?"

알랭은 카밀라의 전의를 없애려고 숨겨 두었던 정보를 꺼냈다.

"어머? 아직 모르셨어요? 오라버니는…… 전 국왕은 이미 돌아가셨답니다. 제 남편에게 뒷일을 부탁하고."

카밀라는 과시하듯 왼손의 반지를 보여주었다. 마석의 푸른 빛이 방을 비춘다.

"네가 왜 그걸 갖고 있지? 남편? 파룬의 왕 말이냐? 형님이 파룬의 시골뜨기에게 반지를 줬을 리가 없다! 파룬의 왕이 전 국왕을 죽이고 그 반지를 빼앗은 게 틀림없어!"

알랭이 미친 듯이 소리를 질렀다. 자신의 반란을 없었던 일로 하려고 마르스에게 모든 나쁜 짓을 뒤집어씌우는 것처럼 보였다.

"아무려면 어때요, 그딴 거."

카밀라가 천천히 부채를 접었다.

"줬든 뺏었든 별 차이 없어요. 결과가 전부죠. 그렇다면 승자가 유리한 쪽을 선택하면 되는 일.”

그렇게 말하면서도 카밀라는 마르스가 반지를 강탈했다고는 생각하지 않았다. 자신의 남편은 그런 짓을 할 사람이 아니라는 것을 알고 있었다.

“말도 안 되는 소리! 정당성 없이 무슨 나라가 성립하겠느냐!”

알랭은 반란을 일으켜 왕위에 오른 것도 잊고서 카밀라는 비난했다.

“정당성? 필요 없어요. 이 세상은 간단한 근본 원리로 이루어져 있죠. 힘 있는 자가 정당하다는 잔혹한 원리 말이에요.”

카밀라의 웃음이 아니꼬운 웃음으로 바뀌었지만 알랭은 알아채지 못했다.

“자, 마음의 준비는 되셨어요? 신께 마지막 기도는 올리셨고요? 최후의 만찬은 마치셨나요? 식사는 특히 중요해요. 전 파룬으로 시집간 뒤로 식사의 중요성을 매일같이 통감하고 있답니다. 평범하고 맛있게 먹을 수 있는 식사가 얼마나 훌륭한지! 지금 생각하면 좋아하는 음식을 실컷 먹을 수 있는 나날이야말로 인생에서 가장 빛나는 때가 아니었나 싶을 정도로 말이죠.”

느닷없이 식사 이야기를 시작한 카밀라였지만 팰리스 기사단의 면면도 그 말에 깊이 고개를 끄덕이고 있다.

“……지금 무슨 말을 하는 게냐! 대체 파룬에서 뭘 먹은 거야?"

"뭐긴요, 몬스터 고기죠, 오라버니. 단적으로 표현하자면, 맛없는 독이요."

"맛없는 독? 그런 건 안 먹으면 되지 않느냐……"

알랭의 그 말에 카밀라는 코웃음쳤다.

"흥, 우리한테는 선택권이 없어요. 그 나라에서는 그렇게 해야만 해요. 먹지 않으면 약자는 계속 약자죠. 그건 제 자존심이 허락하지 않아요. 이 팰리스 기사단도 마찬가지에요. 힘을 추구하는 자들에게 파룬은 이상적인 나라이면서 지옥이기도 하죠."

그리고 카밀라는 표정을 지웠다.

"잡담이 너무 길어졌군요. 슬슬 괜찮을까요? 일단 제일 먼저 도망칠 것 같은 오라버니부터 죽이도록 하죠. 어차피 아랫것들한테 싸우게 하고 위험해지면 본인은 탈출로로 도망칠 생각이었죠? 옛날부터 그런 사람이었으니까요. 그러니까 아버지가 '왕의 자질이 없다'고 했던 거라고요."

"무, 무슨 소리를! 네까짓 게 뭘 알아! 재능 좀 있다고 어렸을 때부터 제멋대로 굴었던 네가 나의 뭘 아냐고!"

"별로? 딱히 알고 싶지도 않아요."

카밀라는 접은 부채 끝에 마력을 담아 살랑 부쳤다.

그 자리에서 옥좌까지 상당한 거리가 있었음에도, 부채에서 쏘아진 바람의 칼날은 호위 기사들 사이를 빠져나가 알랭의 몸통을 옥좌째 좌우로 갈라 버렸다.

"폐하!"

도르센의 귀족과 기사들이 비명과도 같은 소리를 질렀다.

그리고 아까까지 자신들의 주인이었던 것이 좌우대칭으로 깔끔하게 절단된 것을 보고 그들의 안색이 시체처럼 하얗게 변했다.

"공주님! 전 공주님께 절대 충성을 맹세합니다! 모든 것을 공주님께 바치겠습니다! 부디, 부디, 목숨만은!"

한 귀족이 카밀라의 앞으로 나와 무릎을 꿇고 목숨을 구걸했다.

"충성? 당신들은 선왕의 즉위식 때도 같은 말을 했잖아요? 다 들었어요. 그리고 그 입으로 알랭 오라버니의 반역에 가담했죠? 그런 충성에 무슨 가치가 있죠?"

"아니 그건 그, 도르센을 위해서……."

"필요 없어."

카밀라는 손가락을 딱 울려 바람의 칼날로 그 귀족의 목을 뎅강 날려 버렸다.

"뒤처리 부탁해."

수하인 팰리스 기사단에게 그렇게 명령하고 카밀라는 옥좌의 방을 뒤로했다.

뒤에는 도르센 귀족들의 비명만이 남았다.

XVII ◆ 회담

이리스 왕국 북동쪽에 아레스 대륙에서 제일 작은 나라가 있다.

마르베 교국. 아레스 대륙 최대의 종교 마르베 교단의 총본산이자 성지로 여겨지는 곳이다.

국가로서는 작지만 신봉하는 마르베 신은 대륙에서 압도적인 신도 수를 자랑했다. 승려들이 쓰는 치유 마법도 마르베 신의 가호에 의한 것이다.

대륙 전역의 교회를 관할하에 둔 이 나라는 열성 신자의 순례가 끊이지 않는다. 또 회복 마법을 쓸 줄 아는 기사들로 구성된 성기사단을 보유하고 있어 군사적으로도 결코 무시할 수 있는 존재가 아니었다.

그 영향력은 커서, 국가의 통치자이자 마르베 교의 최고위인 교황의 권위는 각국의 왕보다 위라고 평가되고 있다. 종교 면에서 대륙의 대부분을 장악하고 있다 해도 과언이 아닐 것이다.

그 마르베 교황을 두 명의 방문자가 찾아왔다.

이리스 왕과 바르칸 왕이다.

"교황 예하, 이건 세계의 위기입니다."

이리스 왕이 말했다. 금발에 벽안, 늠름한 얼굴에 눈에 힘이 있다.

이리스는 마르베 교국과 인접해 있어 역사적으로도 관계가 깊고, 귀족부터 평민에 이르기까지 국민 중에 열렬한 신도가 많다. 그래서 왕위 계승에는 마르베 교황의 의향이 강하게 반영되었다는 말이 나돌고 있었다.

현재 이리스 왕은 40대로 젊고 야심가로도 알려져 있다. 틈만 나면 타국 일에 간섭해서 자국의 권익을 늘리는 데 여념이 없다. 도르센 왕국을 침공했던 것도 그런 야심에서였다.

"세계의 위기라."

반면 마르베 교황은 60대지만 백발에 길고 하얀 수염 등 나이 이상의 풍모를 지녔다. 신도들 앞에 나설 기회가 많은 교황은 권위와 자애를 겸비한 존재여야 한다. 비록 외모뿐이라 할지라도.

"파룬 왕국의 소문은 들었소. 특이한 나라라고 말이오. 마르베 교에도 그다지 열심인 나라가 아니지. 우리로서도 마음에 들지 않지만, 그렇다고 세계의 위기라는 건…… 이리스가 패전한 변명 아니오?"

졸린 것처럼 보이기도 하는 눈으로 교황은 똑바로 이리스 왕을 쳐다보았다.

"확실히 우리 나라는 패했습니다. 삼백 중 하나도 죽었습니다. 사적인 원한이 없다고 하면 거짓말이겠지요. 하지만 그 나라의 힘은 심상치 않습니다. 결국 도르센은 파룬의 산하로 들어갔습니다. 몇 년 전까지 변경의 소국에 불과했던 파룬이 카도니아를 병합하고, 압도적인 국력 차가 있었던 도르센까지 거느린 것입니다. 이건 보통 일이 아닙니다!"

주먹을 휘두르면서 이리스 왕은 역설했다.

"그렇습니다, 교황 예하. 그 나라는 보통이 아닙니다. 우리 나라에서 파룬 왕에게 시집간 자가 있는데, 그자에 의하면 매끼 몬스터 고기를 먹을 것을 강요당하고 있다고 합니다. 그 독이라고밖에 표현할 길이 없는 몬스터 고기를 말입니다. 이건 어떤 좋지 않은…… 어쩌면 사교 같은 것이 그 나라에 관여되어 있을 가능성을 보여 주는 것입니다."

바르칸 왕이 이리스 왕에 이어서 파룬의 위협을 역설했다. 단단한 체구를 가진 50줄의 남자로, 젊었을 때는 용장으로 이름을 날렸다.

파룬의 넷째 비인 실라는 바르칸 출신이라 가족들은 서신으로 그 근황을 알고 있었다. 바르칸 왕은 그 서신의 내용을 보고받고 있었다.

"몬스터 고기를 먹는다는 게 사실이오? 그건 도저히 먹을 수 없는 건데? 호기심에 몬스터 고기를 먹었다가 교회의 신세를 지는 자는 과거에도 있었지만, 최근에는 파룬의 소문을 듣고 몬스터 고기를 먹는 자가 속출하고 있소. 하지만 먹는 데 성공했다는 이야기는 들어본 적이 없소. 그건 그냥 독이오. 게다가 파룬의 교회에서 몬스터 고기를 먹은 자를 치유했다는 보고도 올라온 바가 없소."

마르베 교국에서도 몬스터 고기에 관한 정보를 수집하고 있었지만 이상하게도 파룬에서는 몬스터 고기로 인한 피해가 보고되지 않았다.

"애초에 몬스터 고기는 금지되어 있지 않소. 그걸 이유로 마르베 교로서 뭘 어떻게 할 생각은 없소."

교황은 파룬에 어떤 처벌을 내리는 데는 별로 긍정적이지 않다. 마르베 교국의 기본 국가 이념은 중립이다. 국가 간 대립에 관여하고 싶지 않다. 잘못 관여해서 자신들의 입장을 위태롭게 만들고 싶지 않은 것이다. 이것은 오랫동안 이어져 온 마르베 교국의 처세술이기도 했다.

"몬스터 고기만 먹는 게 아닙니다."

이리스 왕이 목소리를 낮췄다. 다소 연기 같다.

"파룬에서는 몬스터를 부린다고 합니다. 그것도 상당한 숫자의 몬스터를."

"대형 관람장 말이겠지. 그 보고도 받았소."

파룬이 국가적으로 대형 몬스터 관람장을 만들었다는 것은 유명한 이야기로, 교황의 귀에도 들어갔다.

"관람장 이야기가 아닙니다. 몬스터를 조직화해서 군단화시킨 것입니다."

"뭣이? 말도 안 돼. 그런 이야기는 처음 듣소. 이리스는 그 몬스터 군단과 싸웠소?"

교황이 험악한 표정을 지었다. 마르베 교로서는 간과할

수 없는 이야기였다.

"아니요, 싸운 적은 없습니다. 하지만 확실한 증거가 있습니다."

"증거? 어떤?"

"이걸 보십시오."

이리스 왕이 소매에서 두루마리를 꺼내어 책상 위에다 펼쳤다. 두루마리에는 마법진이 그려져 있다.

"이건?"

"키에르 마도국의 마토가 보낸 것입니다."

"마토?"

두루마리의 마법진이 빛나더니 그 위에 희푸르게 투명한, 한눈에 봐도 환영임을 알 수 있는 작은 사람이 나타났다. 환영을 사용한 마법 통신이다.

"처음 뵙겠소, 마르베 교황. 키에르 마도국의 마토라고 하오."

마토라고 밝힌 인물의 환영은 후드를 깊게 눌러쓰고 지팡이를 앞으로 짚어 몸을 지탱하고 있었다.

"이쪽의 목소리가 들리시오, 마토?"

교황이 마토의 환영을 향해서 말을 걸었다.

"물론. 이런 꼴이라 실례. 내가 외출을 싫어해서 말이지. 그럼 본론부터 시작할까. 스크롤을 펼친 걸 보니 이리스 왕이 파룬이 몬스터를 부리고 있다는 이야기를 했나 보지? 그건 사실이오."

"어떻게 단정하지?"

"우리 나라에서 몬스터를 연구하던 자가 파룬으로 흘러 들어 갔소. 최근까지 몰랐는데 대규모 관람장을 열었다는 소리를 듣고 우리나라 마도사들이 연구를 위해 파룬을 방문했지. 그때 그자의 짓인 게 판명되었소."

"응? 관람장 건은 알고 있소. 그 정도라면 문제없는 것 같소만?"

"그자는 관람장을 위해서 연구한 게 아니오. 병기로 부릴 목적으로 한 것이오. 우리 나라에서도 그걸 위해 위험한 연구를 하다가 적잖은 손해를 끼쳤지. 그래서 추방됐던 것이오."

"……그런 위험한 자를 어째서 처분하지 않았소? 좀 무책임한 것 아니오?"

교황이 난처한 표정을 보였다.

"우리 나라는 나라면서 나라가 아니오. 마도사를 위한 이상적인 환경을 제공하는 곳에 불과하지. 단, 세계에 위험한 연구를 하는 자는 추방이오. 그뿐이오. 게다가 마법 연구에는 돈이 들지. 연구 내용에 따라 다르지만 그자가 했던 연구에는 살아 있는 몬스터가 필요했소. 몬스터를 생포하기 어려운 것은 물론, 그 사육에도 막대한 돈이 드오. 도저히 개인이 할 수 있는 일이 아니오."

작은 환영으로부터는 마토의 표정을 읽기 어려웠지만 어쩐지 자괴감 같은 것이 느껴졌다.

"그런데 그자가 파룬의 원조를 얻었다, 그거요?"

교황이 추궁하듯이 물었다.

"……그렇소. 정확히 말하면 파룬의 왕비 프라우의 비호를 얻었소. 프라우는 그자뿐만이 아니라 우리나라에서 추방당한 마도사들을 다수 맞아들였소. 프라우는 일의 옳고 그름 따위는 고려하지 않고 마도를 탐구하는 경향이 있지. 위험한 마도사요."

"뇌제 프라우라. 어렸을 때부터 천재로 유명했지."

"확실히 프라우는 천재였소. 하지만 내가 보기에는 전형적인 조숙형이라 곧 마력이 한계점에 이를 거라고 보았소. 그런데 프라우의 마력은 지금도 계속 성장하고 있을 가능성이 있소. 현재 프라우의 마법 결계는 강력해서 나조차도 깰 수가 없기에, 파룬의 내부 사정은 우리도 파악하지 못하고 있소. 하지만 직접 몬스터 관람장을 보고 온 자들의 보고에 의하면 몬스터는 상당히 순종적이었다고 하오.

약한 하위 몬스터뿐만이 아니오. 어스 드래곤 같은 강력한 몬스터도 말이오. 그렇다면 파룬은 이미 몬스터 군단화에 성공했다고 봐도 틀림없을 것이오."

"으음."

교황은 망설이는 듯했다. 확실한 증거가 있는 건 아니지만 마토의 말은 아마 진실이리라. 그렇다면 파룬은 인간에게 위협이 될지도 모른다.

"예하, 망설이시는 듯하나 파룬은 모든 의미에서 위험

하오."

거기에 끼어든 것은 바르칸 왕이었다.

"그 나라는 귀족을 부정하고 있소. 파룬에서는 제로스 왕이 즉위할 때 대부분의 귀족이 숙청당했소. 카도니아에 서도 루비스 왕비를 따르는 귀족 이외에는 대부분 작위를 박탈당했소. 새로 파룬의 산하로 들어간 도르센도 마찬가 지요. 알랭 왕에게 붙은 귀족은 몰살되고, 귀족의 힘은 극 도로 약해졌소. 거기다 귀족이 줄어든 만큼 세금도 줄여서 평민들의 지지를 얻고 있소. 우리나라에도 파룬의 지지를 기대하는 평민들이 있을 정도요. 망할 놈들! 이대로라면 지금까지 우리 조상들이 쌓아 올린 질서가 무너지고 말 것 이오. 그렇게 되면 마르베 교국도 곤란하지 않겠소?"

마르베 교는 '신분에 의한 차별이 없는 종교'라는 원칙을 내세우고 있지만, 사실 성직자 대부분은 귀족 출신이다. 고위 성직자일수록 승려가 되기 전의 지위가 높은 사람이 많다. 실제로 마르베 교황도 이리스 왕가의 핏줄이다.

교단도 각 왕가나 귀족들의 기부금으로 운영되는 부분 이 크고, 민중으로부터 얻는 수입은 얼마 되지 않았다.

"……확실히 파룬이라는 나라는 마르베 교단에 좋은 존 재라고 할 수 없군. 하지만 어쩐다? 현재 우리 교단으로서 는 파룬 왕을 당장 처벌할 수가 없는데?"

"이미 묘안이 있습니다."

이리스 왕이 입가에 미소를 띠었다.

"마르베 교가 세 가지 금지행위를 발표해 주시오. 첫째로 몬스터 고기를 먹는 것을 금지. 몬스터 고기는 몬스터만 먹는 것이지 인간이 할 짓이 아니라고 규정하시오. 둘째로 몬스터의 대규모 사역을 금지하시오. 테이머 등 기존에 몬스터를 사역하던 자들은 보호하되 몬스터로 구성된 군단은 금지하는 것이오. 셋째로 귀족 신분의 보호. 이는 정당한 이유 없이 귀족을 폐지하는 것을 금지하여 질서 안정을 꾀하는 것이오. 어떻소?"

"흠. 나쁘지 않군."

교황은 흰 수염을 만지작거렸다. 그런 내용이라면 교단으로서도 받아들이기 쉽다.

"그런데 그걸 어긴 경우는 어떻게 하지?"

"파문하시오. 물론 한 가지를 어긴 정도라면 주의 정도로 끝내도 좋지만, 세 가지 다 어긴 경우는 파문이 마땅하오. 마르베 교로서의 권위를 깎아내린 거나 마찬가지니. 그리고 '파룬 왕에게는 마왕의 혐의가 있다'고 발표하시오."

"마왕이라니?! 아무리 그래도 그건…… 파룬 왕가는 마왕을 쓰러뜨린 용사의 가문이오!"

"그 용사 가문이 세계에 이빨을 드러내고 있습니다! 빨리 이것을 어떻게 하지 않으면 우리는 끝장날지도 모릅니다!"

"……바르칸 왕과 마토는 어떻게 생각하시오?"

교황은 바르칸 왕과 마토의 환영을 쳐다봤다.

"이리스 왕의 말에 찬성입니다."

바르칸 왕이 즉시 대답했다.

"나도 찬성이오. 몬스터를 병기로 쓰는 것은 너무 위험하오. 인간은 감당할 수 없는 힘이오."

마토도 찬성의 의사를 표시했다.

"알았소. 그래, 마왕 혐의를 씌운 다음에는 어쩔 셈이오?"

"모든 나라가 연합해서 토벌군을 일으켜야 할 것입니다."

이리스 왕이 단호하게 말했다.

EPILOGUE

마침내 베르세 시내에 정문으로 들어왔다.

하지만 고기를 먹으러 온 날과 마찬가지로 거리는 썰렁하다.

마중 나온 것은 카밀라와 팰리스 기사단 사람들이었다.

"폐하, 우리 나라에 잘 오셨어요."

카밀라가 활짝 웃고 있었다. 사실상 도르센의 지배자가 된 것이 기쁜 것이리라.

이리스 군도 바르칸 군도 이미 도르센에서 퇴각을 시작했다. 바르칸 군과 고군분투하던 지크문트는 카밀라에게 순종의 뜻을 표했다.

죽은 도르센 왕은 알랭의 반란이 일어났을 때 "만일의 경우에는 카밀라를 따르라"라는 말을 지크문트에게 남겼었다고 한다. 그 왕은 반란이 일어난 시점에 여기까지 예측했던 것일까? 뭔가 복잡한 기분이다.

카밀라는 지크문트를 받아들여 오천위 필두를 그대로 맡길 모양이다. 나머지 오천위의 자리에는 미네르바, 샤리, 레이아, 사샤 등 비 후보 선발전 베스트8에 남아 있던 4명이 앉기로 되어 있다. 뭐, 지금이라면 그녀들도 내가 쓰러뜨린 오천위 정도의 실력은 있을 것이고, 괜찮지 않을까?

　당연하다면 당연하지만, 민중들의 환영은 없다. 모든 건물이 문을 굳게 닫고 있다. 주민들 중에 희생자는 나오지 않았지만 반란에 가담한 도르센 귀족과 기사들은 몰살당하고, 주둔해 있던 이리스 군은 전멸했다고 한다. 그런 잔인하고 혈기왕성한 놈들이 왔으니 나와서 맞이할 마음이 들지 않기도 하리라.

　좀 지나쳤나 싶었지만 나도 파룬에서 비슷한 짓을 했으니 남 말은 할 수 없었다. 내가 한 게 아니라 오그마 일행이 한 거지만.

　향후 도르센이 파룬의 통치를 받아들일지 말지는 나를 따라온 가마라스가 이끄는 관료들의 일이 될 것이다. 결국 민중이 좋다 나쁘다를 판단하는 기준은 정치인 것이다. 힘의 지배가 아니다.

　파룬에서는 지식계급이었던 귀족이 거의 사라진 탓에 신분이 낮더라도 쓸 만한 인물은 누구든지 등용했다. 그결과, 젊고 우수한 관료가 육성되고 있다. 그들은 대단히 의욕적이고 열의로 가득하다. 도르센에서도 마찬가지로 신분에 관계없이 인재를 등용하게 될 것이다. 그 나라 사람이 자기 나라를 위해 일한다. 그것이 중요하다. 뭐, 헌드레드의 지부도 당연히 생길 테지만…….

　가마라스 외에 크롬이 이끄는 검은 기사단과 워렌이 이

끄는 붉은 기사단이 나를 따라왔다. 헌드레드의 참가자 중에서 기사단에 입단을 희망한 자들이 있어서 전에는 500명 정도였던 각 기사단은 현재 1천 명 정도까지 늘어났다.

양 기사단을 합치면 2천 명 정도다. 국가 전력치고는 적지만 질적으로는 나무랄 데 없다고 생각한다.

내란으로 도르센 군은 크게 약체화되었고, 카밀라의 100명밖에 안 되는 팰리스 기사단으로는 역부족이다.

한편 파룬과 카도니아가 유일하게 국경을 접했던 나라가 도르센이었기 때문에 어느 정도 전력을 도르센으로 옮겨도 문제가 없어서 크롬 일행을 데려온 것이다.

도르센에서는 당분간 반란이나 다른 나라와의 분쟁이 일어날 테니 그들이 활약할 장면은 많으리라.

……많달까, 멋대로 날뛰기 시작하고 있다.

크롬과 워렌은 이번 도르센의 내란에서 싸우지 못해 욕구불만을 느끼고 있었던 것이다.

워렌은 도르센령에 들어서자마자 선언했다.

"폐하. 전 이대로 이리스의 국경으로 가서 적군을 물리치고 오겠습니다. 없으면 국경을 넘어서 물리치고 오겠습니다."

국경을 넘으면 그건 그냥 침략 아니냐?

하지만 살기를 띠고 있던 워렌의 얼굴이 무서워서 차마 말리지 못했고, 그는 그길로 붉은 기사단을 이끌고 이리스 방면으로 가 버렸다.

그걸 본 크롬이 말했다.

"폐하. 그럼 전 바르칸의 국경에 다녀오겠습니다. 바르칸 놈들에게 파룬의 무서움을 알려줘죠. 없으면 당연히 국경을 넘어서 알려주고 오겠습니다."

그럼은 무슨 얼어죽을 그럼이냐!

제발 기세를 타고 전쟁을 일으키지 말아줘.

하지만 워렌은 말리지 못했으면서 크롬한테만 안 된다고 할 수가 없어서 검은 기사단도 바르칸 국경으로 향하고 말았다.

결국 이리스 군도 바르칸 군도 도르센과의 국경을 침범했었는지, 워렌과 크롬한테 신나게 당하고 있는 모양이다.

다행이다. 그놈들이 침략을 시작한 게 아니어서. 나는 이리스 군과 바르칸 군에게 진심으로 감사했다.

그런데 내가 온 이유는 파룬 왕의 위광을 보여 주기 위해서이기도 하지만, 굳이 따지자면 나와 카밀라의 아들인 레온을 데려오는 것이 주목적이었다.

아무리 카밀라라도 레온을 전장에 데리고 나오는 짓은 하지 않은 것이다.

단, 일단 도르센의 차기 왕은 레온이므로 대관식을 위해 도르센에 데려올 필요가 있었다. 나는 보호자 역할이다.

"폐하가 책임지고 레온을 도르센에 데려와 주세요. 절대로 눈을 떼면 안 돼요."

카밀라가 그렇게 신신당부했기 때문이다.

나는 아이를 싫어하지 않는다. 내가 불우한 어린 시절을 보냈기 때문에 내 자식들한테는 그런 기억을 주고 싶지 않아 진심으로 대하고 있다.

단, 장남 아서는 엄마인 프라우의 껌딱지다. 프라우도 "마르스를 닮아서 귀엽다"라며 애지중지하고 있다.

그런 말을 들으니 싫지는 않지만, 아이에게 프라우를 뺏긴 기분이다.

프라우는 늘 마법을 써서 아서를 공중에 둥둥 띄워 놓고 달랜다.

나는 안아주는 정도밖에 할 수 없어서 아서는 시시한지 언제나 프라우에게 쪼르르 가 버린다. 그게 좀 서운했다. 마법사는 치사하다.

레온은 꽤 나를 잘 따른다. 이 도르센으로 오는 여정에서도 나한테 한시도 떨어지지 않고 딱 달라붙어서 숙식도 같이했다. 지금도 내가 한 손으로 안고 있다.

귀엽다. 귀엽지만 앞으로 레온은 도르센에서 지내게 된다. 그야 왕이 되는 거니까 어쩔 수 없지만 서운하다. 나는 파룬으로 돌아가야 하기 때문이다.

파룬에는 프라우, 카산드라, 실라 등 3명의 비가 있다. 프라우와 실라는 그렇다 쳐도 카산드라를 방치했다간 파룬이 망할지도 모른다.

여하튼 그녀는 "출산할 때는 근처에 있어. 그 순간에 습격받으면 어찌할 도리가 없으니까. 네가 지켜 줘야 해"라고 쐐기를 박았다. 그런데도 내가 곁에 있어 주지 않았다간 어떤 꼴을 당할지 알 수 없다.

카산드라를 습격할 바엔 드래곤이라도 습격하는 편이 나을 것 같지만, 그 대단한 검성도 출산이라는 것에는 불안감을 느끼는 모양이다.

내가 안고 있던 레온을 카밀라가 받아안았다. 레온은 오랜만에 보는 엄마를 몰라보겠는지 내 쪽을 보고 불안스레 얼굴을 찡그리고 울기 시작했다.

그러나 카밀라는 마음도 상하지 않고 부드러운 미소를 지으면서 품에 안고 달래고 있다. 왕가 출신인 카밀라가 자기 자식을 어떻게 대할지 불안했지만 의외로 아이를 잘 다루었다. 뭐 그렇지 않으면 레온을 도르센에 두고 갈 수 없지만서도.

카밀라는 자신의 손가락에서 도르센의 반지를 빼더니 레온에게 주었다.

반지의 마석이 깜빡거린다. 그걸 보고 레온이 좋아서 꺄르르 웃었다.

레온의 마력에 반응한 건가? 아직 갓난아기인데?

데리고 온 가신들과 펠리스 기사단도 놀라고 있다.

카밀라는 레온이 빛나는 반지를 가지고 노는 것을 흐뭇하게 지켜보고 있었다.

마석의 빛은 부드럽고 따뜻한 빛이었다.

분명 이 아이는 좋은 도르센 왕이 되리라.

그를 위해 나는 이 나라를 지킬 것이다. 누가 적이 되더라도.

단, 더는 도르센에서도 평범한 고기는 먹을 수 없겠지.

후기

덕분에 1권의 판매가 나쁘지 않아서 3권까지는 낼 수 있을 것 같습니다. 어쩌면 4권도 가능할지 모르겠습니다. 다만 3권 이후는 WEB판의 재고가 거의 없어서 작가로서는 미지의 영역에 들어갑니다.

이게 꽤 큰일인데, 실은 진지한 스토리보다 코미디가 더 스토리 짜기가 어려운 것입니다. 제가 스니커 문고에서 내고 있는 《누가 용사를 죽였는가》는 꽤 팔렸지만, 노력은 몬스터 고기에 더 쏟았습니다.

시간을 들인다고 꼭 좋은 작품이 나오는 것은 아니지만, 그래도 '몬스터 고기가 재미있었다'라는 감상은 무척 기쁘고, '더 팔렸으면 좋겠다'는 마음이 강하게 듭니다.

이번 권도 시바 씨가 멋진 일러스트를 그려주셨는데, 책에는 실리지 않은 캐릭터 디자인 일러스트도 훌륭한 완성도입니다. 특히 이 권의 카밀라, 야마토, 실라는 매우 마음에 듭니다. 캐릭터 디자인은 이 책의 특설 사이트에서 확인할 수 있으니 그쪽도 체크해 보신다면 이 책을 더 즐길 수 있을 거라 생각합니다. 꼭 찾아보세요.

그리고 1월 9일부터 《영 애니멀 ZERO》에서 코미컬라이즈 연재도 시작됩니다. 만화를 담당해 주신 분은 스즈라기

카린 선생님.

실제로 만나 봤는데 실적 있는 만화가임에도 불구하고 무척 겸손하고 멋진 분이셨습니다. 이 작품이 마음에 들어 그려 주셨다고 해서 기뻤습니다. 저에게는 좋은 만남이었습니다.

사실 서적화가 결정된 당시에는 '도중에 짤리면 내 힘이 부족한 것뿐이니까 어쩔 수 없어'라고 각오했습니다.

그러나 담당 편집자님과 시바 씨, 스즈라기 카린 선생님, 만화 담당자님 등 많은 분들과 일하게 되면서, 무엇보다도 독자들의 감상을 읽고 '더 열심히 해야겠다'라고 생각하게 되었습니다.

역시 이야기는 완결시키지 않으면 이래저래 갈 곳을 잃게 됩니다. 독자 여러분께서 끝까지 응원해 주시면 감사하겠습니다.

2권 발매를 축하드립니다!
제2권의 간행은
그 스피디한 페이스에 경탄케 하며,
동시에 큰 동기부여가 되었습니다.

다켄 넌냉님의 문장은
독자를 깊이 끌어들이는 힘이 있고
니바 넌냉님의 일러스트는 그 매력을
더 돋보이게 합니다.
두 분에 의해 엮어지는
이 작품의 세계에는
늘 가슴이 설렙니다.

원작이 지닌 매력을 최대한 이끌어 내기 위해
코미컬라이즈 제작에도 전력을 다하겠습니다.
앞으로도 잘 부탁드립니다!

KARIN
SUZURACI

몬스터고기를 먹고 있었더니 왕위에 오른 건

EAT or DIE

MONSTER NO NIKU WO KUTTEITARA OOI NI TSUITA KEN Vol.2

몬스터 고기를 먹고 있었더니 왕위에 오른 건 2

2024년 10월 15일 1판 1쇄 발행

저 자	다켄
일 러 스 트	시바
옮 긴 이	김진희
발 행 인	유재옥
담 당 편 집	박치우
부 사 장	이왕호
이 사	조병권
출판본부장	박광운
편 집 2 팀	정영길 조찬희 박치우 정지원
편 집 3 팀	오준영 이소의 권진영
디자인랩팀	김보라
디지털사업팀	박상섭 김지연 윤희진
라이츠사업팀	김정미 맹미영 이윤서
영업마케팅팀	최원석 박수진 이다은
물 류 팀	허석용 백철기
경영지원팀	최정연
인쇄제작처	㈜코리아피엔피
발 행 처	㈜소미미디어
등 록	제2015-000008호
주 소	서울시 마포구 토정로222, 502호 (신수동, 한국출판콘텐츠센터)
판매 및 마케팅	(070) 8822-2301

ISBN 979-11-384-8450-3
ISBN 979-11-384-8390-2 (세트)